내 집은 아니지만
내가 사는 집입니다

짐 싸고 풀기를 열다섯 번, 정착이라는 고도를 기다리며 쓴 세입자 수필

내 집은 아니지만
내가 사는 집입니다

초판 1쇄 인쇄 2018년 8월 31일
초판 1쇄 발행 2018년 9월 7일

지은이 박윤선

기획편집 김소영
기획마케팅 최현준
디자인 박영정, Aleph Design

펴낸곳 빌리버튼
출판등록 제 2016-000166호
주소 서울시 마포구 양화로 15안길 3 201호(윤현빌딩)
전화 02-338-9271 | **팩스** 02-338-9272
메일 billy-button@naver.com

ISBN 979-11-88545-27-8 03810
ⓒ 박윤선, 2018, Printed in Korea

이 도서의 국립중앙도서관 출판예정도서목록(CIP)은 서지정보유통지원시스템 홈페이지(http://seoji.nl.go.kr)와
국가자료공동목록시스템(http://www.nl.go.kr/kolisnet)에서 이용하실 수 있습니다.(CIP제어번호:CIP2018026537)

내 집은 아니지만
내가 사는 집입니다

박윤선
지음

빌리버튼 billy button

_____집과 집을 여행하는
_____히치하이커를 위한
_____안내서

언젠가 TV를 보는데 이런 광고 카피가 흘러나왔다.

"집은 사는 것이 아니라 사는 곳입니다."

참 멋진 말이었다. 그런데 그 카피가 쓰인 게 하필 아파트 광고였다. 좋은 말이긴 한데… 진심일까? 짧은 의문이 머릿속을 스쳤다. 아니, 일단 사든지 빌리든지 해야 살든 말든 할 거 아냐. 이런 삐딱한 생각도 들었다. 마음에 드는 조합을 찾을 때까지 문장을 이리저리 바꿔보았다. 집은 사는 것이 아니라 못 사는 것입니다. 집은 사는 것이 아니라 빌리는 것입니다. 집은 사는 것이 아니라, 집은… 대체 뭐냐, 너.

내 인생 서른두 해, 어느덧 열여섯 곳의 집을 거쳤다. 평균적으로 2년에 한 번, 누가 그러라고 시킨 것도 아닌데 주택임대차보호기간과 딱 맞아떨어진다. 나가기 싫었지만 쫓겨난 집도 있고, 내가 박차고 나온 집도 있었다. 수많은 집을 전전해온 내게, 집이란 사는 것도, 사는 곳도 아닌 그 중간 어디쯤이다. 돈 주고 사는 것이라고만 생각하면 집은 잡히지 않는 신기루처럼 보이고, 반대로 감상적으로만 바라보면 집 구하기나 대출 같은 현실적 난관에 쉬이 좌절하게 되니까 말이다.

나 역시 그 두 개념 사이를 비틀대며 여기까지 걸어왔다. 분명 날마다 집으로 돌아가는 데도 하늘 아래 '내 집'이 없는 것 같은 기분. 죽을 때까지 몇 번의 이사를 더 거쳐야 할까, 아득하게 느껴지던 순간. 머릿속으론 남들도 다 그렇게 살아, 하고 생각하면서도 마음으론 도저히 받아들여지지 않는 것들이 있었다. 돌이켜보면 열다섯 번의 이사는 결국, 사는 것과 사는 곳 사이의 균형을 찾는 과정 아니었을까. 삶이 있어야 집이 있고, 집이 있는 곳에 삶도 있다는 사실. 이 책은 바로 그 깨달음으로 가는 수많은 시행착오의 기록이다.

생각지도 못한 기회에 책을 출간하게 되면서 고민이 많았다. 시시콜콜한 이야기를 너무 장황하게 한 건 아닐까. 누군가에겐 한가한 넋두리로 들리지 않을까. 하지만 그래도 한 번쯤은 말하고 싶었다. 지금 여기, 보통의 삶은 이런 모양이라고. 비극적이지도, 스펙터클하지도 않은 담담한 하루하루를 나는, 우리들은, 이렇게나 묵묵히 살아내고 있다고.

마지막으로 이 글의 진정한 주인공인 소중한 나의 가족과 친구, 이 시대의 모든 세입자들에게 이 책을 바친다.

2018년 여름,
북한산 자락 한 분리형 원룸에서.

열다섯 번을 이사한
32년차 세입자의 집

1. 1987 서울

2. 할머니네 양옥집

3. 천변 아카시아나무집

4. 담양 감나무집

5. 주공아파트

6. MJ아파트 & 우정학사

7. 대학 기숙사

8. 잠만 자는 방

9. JA고시원

10. 첫 하숙집

11. 산동대 외국인 기숙사

12. 대륙의 오피스텔

13. 쉐어하우스

14. 전세 원룸

15. HB 아파트

16. 초록 지붕집

차례

프롤로그—집과 집을 여행하는 히치하이커를 위한 안내서 4
열다섯 번을 이사한 32년차 세입자의 집 7

1부_____ 어느덧 열다섯 번째 이사

뭐 잊은 거 없어요? 13 / 떠나는 자의 뒷모습 17 / 세입자 배틀 20 /
운명의 집을 알아보는 법 25 / 집, 착 29 / 자기만의 화장실 32 / 이사,
일상의 마침표 36 / 신기한 위로 40 / 생전 정리 44 / 전셋집이 뭐라
고 50 / 주민등록증 뒷면 54 / 꼭 찾아낼게, 열일곱 번째 집 60

2부_____ 집은 아무런 잘못이 없다

애증의 부동산 중개인 1 67 / 밤에도 집을 구경해보세요 73 / 전세자
금 대출 미스터리 78 / 어느 실버타운의 폭탄 돌리기 83 / 대출 포비
아 87 / 은행 문턱 91 / 윗집엔 신이 산다 96 / 알아두면 쓸데없는 1
인 가구 잡학사전 100 / 젠트리피케이션은 가까이 있다 107 / 집장사
의 집 113 / 집값이 정해지는 방법 118 / 애증의 부동산 중개인 2 120
/ 윗집엔 이런 신도 산다 127 / 서울은 공사 중 132

3부 _____ 혼자 사는 일은 자기 자신과 사는 일

할머니의 독립 141 / 1인 가구의 풍수지리 145 / 혼자 하는 연말 준비 149 / 한옥 로망 153 / 우리 안의 초록 156 / 삼시세끼 in China 165 / 함께 산다는 것 174 / 일부러 길을 잃는다 178 / 자취생 아닌데요, 1인 가구인데요 183 / 어른에겐 베란다가 필요해 188 / 1초 만에 서울의 민낯을 보는 법 194 / 고요를 충전하는 사람들 198

4부 _____ 내 집은 아니지만 내가 사는 집입니다

내 삶은 임시가 아니니까 205 / 신흥 가겟집 211 / 마지막 방 214 / 집을 버리다 217 / 이모할머니의 집테크 221 / 템플스테이에서 생긴 일 226 / 동네라는 집 230 / 아무리 먼 곳이라도 235 / 두 사람이 지은 집 240 / 공유지의 비극 246 / 룸메이트라는 난제 251 / 내 공간을 향한 목마름 256 / 은신처로서의 집 260 / 각인된 풍경 263

어느덧
열다섯 번째
이사

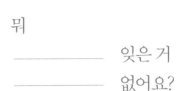

뭐

—————— 잇은 거

—————— 없어요?

"뭐 잊은 거 없어요? 한번 보고 와요."

이삿날 트럭에 짐을 다 싣고 나면 친절한 용달차 아저씨들은 이런 확인절차를 거친다. 그러면 나는 잊은 물건이 분명 없는데도 다시 집으로 뛰어들어간다.

나의 열세 번째 방. 이곳에서 나는 5년을 살았다. 창문이 있었지만 옆 건물 벽이 막고 있어서 한낮에도 불을 켜야 했던 방. 하지만 겨울에는 따뜻하고, 여름에는 습하지 않아 쾌적했던 곳. 아무도 없는 빈방에 혼자 들어가면 뭐라 설명할 수 없는 기분이 든다. 방금

전까지 내가 살던 곳인데도 묘하게 낯설다. 이사는 보통 아침에 하지만, 어찌된 일인지 짐을 들어낸 방은 항상 해 질 녘처럼 어스름한 빛을 띠고 있다.

나, 갈게. 짧은 인사를 고한다. 그동안 고마웠어, 앞으로 잘 살아라, 하는 구구절절한 작별 인사 따윈 어울리지 않으니까. 내 방은 나에 대해 이미 모든 걸 알고 있다. 어쩌면 나도 모를 내 마음까지 알고 있는지도 모른다. 내가 이런 생각을 하든 말든 방은 무표정하다. 당연하지. 방이 무슨 표정이 있겠어. 방은 마치 아무도 산 적 없었던 것처럼 새로운 주인을 맞이할 것이다.

재작년, 광주에 사는 엄마가 거의 20년 만에 이사를 했다. 오래 산 만큼 사연 많은 집이었다. 그 자질구레한 사연에는 아파트를 지은 영세한 건설사가 준공 직후 부도를 맞아 보증금 절반을 떼인 일도 있었다. 엄마는 이 일을 계기로 자신의 집을 한없이 증오하게 됐다. 수년 전부터는 돈도 없으면서, 무슨 배짱인지 "내년엔 이사 갈 거야"라고 입버릇처럼 말하기 시작했다. 심지어 관리사무소 아저씨에게까지 "저 내년에 이사 가요"라고 묻지도 않은 질문에 답을 하고 다녔다. 그런데 간절하면 통한다더니 정말 이사를 하게 됐다.

이사하기 몇 달 전, 집에 들렀더니 벌써 짐 몇 가지가 박스에 포장

돼 있었다. 박스와 옷 무더기 틈에서 며칠을 보내고 서울로 돌아가는 날, 현관에서 신발을 신다가 문득 깨달았다. 지금이 이 집과 나누는 마지막 순간이란 사실을.

"엄마, 근데 나는 이 집 다시 볼 일이 없겠네?"

엄마도 미처 그 생각은 못 했는지 눈이 동그래졌다.

"그러네, 진짜!"

"그러게….'

신발을 신은 채 처연하게 나이 든 집을 돌아보았다. 또 기분이 묘해졌다.

그날 밤, 광주에는 앞이 안 보일 만큼 많은 눈이 쏟아졌다. 그렇게 아우성치듯 눈이 내리는데도 세상은 마치 음소거를 한 듯 조용했다. 우산도 없이 눈을 맞으며 서울행 기차를 타러 가는 길, 엄마와 나는 이사와 집에 대해 한마디도 꺼내지 않았다. 그저 "눈이 참 많이도 온다" 같은 말만 되풀이했을 뿐이다.

엄마가 이사를 한 지도 벌써 2년이 돼간다. 가끔 옛집이 꿈에 나온다. 어쨌거나 나의 20년은 그 집과 떼려야 뗄 수 없는 것이니까. 의아한 것은 정말이지 오랜 세월 별의별 일이 다 있었는데도, 그 집을 생각하면 항상 같은 장면이 제일 먼저 떠오른다는 사실이다.

입주한 지 며칠 안 돼 집에 항상 새 페인트 냄새가 났던 즈음이었다. 생애 처음으로 새 집에, 그것도 아파트에 살게 됐다는 사실만으로 어깨가 으쓱했던 날. 동네 학교에 첫 등교를 마치고 돌아와보니, 내 방 문에 천 원짜리 한 장과 쪽지가 붙어 있었다.

"밥을 못 해놨다. 이걸로 빵 사 먹어라. 엄마가."

감동스러운 것도, 슬픈 것도, 특별한 것도, 그 아무것도 아닌 장면. 참, 도무지 알 수가 없다.

떠나는 자의
──────── 뒷모습

집에 혼자 있을 때면 가만히 집을 둘러본다. 아무것도 없는 벽 그리고 천장과 벽의 이음새, 문틀이나 전등 스위치의 위치 같은 것. 방 한 칸이니까 한 발짝도 움직이지 않아도 천천히 모든 걸 자세히 관찰할 수 있다. 예전 세입자가 저기에 행거를 뒀었나보구나, 집 보러 왔을 때 저기가 침대 자리였는데, 이런 생각을 한다. 그 모든 낡아빠진 것을 오래오래 보고 있자면, 그동안 이 집에 어떤 사람들이 살았을까, 그 사람들은 집에 혼자 있을 때 무얼 했으려나, 쓸데없이 이런 게 궁금해진다.

이사 오기 직전에 살았던 사람은 그나마 어떤 사람인지 조금 짐작이 간다. 집을 구하러 다닐 때 전 세입자의 방을 보기 때문이다. 내 열네 번째 집의 전 주인은 결혼을 앞둔 직장인 남자였다. 신혼집으로 물건을 좀 옮겼는지 가구나 짐이 많지 않았다. 주방에는 낡고 더러운 가스레인지가 놓여 있었다. 결혼하실 분이라기에 버리실 거라면 내가 사겠다고 부동산에 말해두었다. 하지만 세입자가 팔지 않겠다고 해서 새 가스레인지를 샀다. 그런데 이삿날 그분이 그 낡은 가스레인지를 버려두고 간 게 아닌가. 뭐지….

가스레인지만 버리고 간 게 아니었다. 종량제봉투에 넣지 않은 각종 쓰레기도 함께였다. 화가 났지만 별도리가 없었다. 그래, 냉장고에 음식물 버리고 가는 인간들도 있다는데, 하는 위로 같지 않은 위로를 하며 쓰레기를 치웠다. 부디 그분이 결혼해서는 재활용품 분리수거도 잘하시고, 또한 합법적으로 종량제봉투에 버리시길 빈다.

열여섯 번째 집의 세입자는 얼굴을 보고 대화도 나눴다. 꼭 본인이 있을 때 집을 보러 오라고 했기 때문이다. 집주인이나 부동산에 집 비밀번호를 알려주기 싫었던 것 같다. 집을 보러 가는 길에 집주인과 부동산 중개인이 세입자를 욕했다. 하지만 나는 그 세입자가 충분히 이해됐다. 비밀 번호를 안 알려줘도 문을 따고 들어오는 세상인데 그럼. 세입자는 빨래를 널고 있었다. 빨래를 너는 그녀 뒤로 창문에서 쏟아지는 햇살과 가벼운 바람이 느껴졌다. 이 집에 살게 될 것 같다는 예감이 들었다.

"실례가 안 된다면 왜 나가시는지 여쭤봐도 될까요?"

"집주인이 월세를 올려달라고 하니까 그렇죠."

퉁명스러운 답이 돌아왔다. 급하게 이사를 해야 했던 나는, 결국 그 집으로 이사를 결정했다. 계약서를 쓰는 날, 부동산에서 다시 한 번 전 세입자와 그분의 어머니를 마주쳤다. 집을 보러 갔을 때와 달리 세입자의 표정이 조금 더 편안해진 것을 느꼈다. 괜찮은 집을 구한 걸까? 차마 묻지 못하고 부동산을 나오는데, 전 세입자의 어머니가 웃으며 내게 이런 인사를 건네셨다.

"잘 살아요. 우리도 잘 살았으니까."

그게 너무 멋있었다. 그들이 남기고 간 집 역시 정갈했다. 누군가가 항상 쓸고 닦고 사랑하던 집에 내가 살게 됐다는 사실이 왠지 모르게 안심이 됐다. 나도 언젠가 다음 세입자를 만나면 꼭 그 어머니처럼 멋진 인사를 건네고 싶다.

"잘 살아요. 나도 잘 살았으니까!"

세입자

―――――― 배틀

친구들을 집에 초대하는 것을 좋아하는 나는 한 가지 재미있는 현상을 발견했다. 장소가 장소이니만큼 자연스럽게 집에 관한 이야기를 많이 나누게 되는데, 여기에서 미묘한 신경전이 시작된다는 점이다. 주제는 바로 누가 더 최악의 집과 집주인을 겪었는가. 일종의 무용담 배틀이 벌어지는 것이다. 그동안 여러 모임에서 진행된 배틀을 종합해 대화체로 재구성했다.

나 ― 예전에 내 친구 집은 대문이 따로 없었어. 주택과 주택

사이에 한 사람이 겨우 들어갈 틈을 지난 다음, 무릎 정도 오는 화단을 넘어야 집에 들어갈 수 있었지. 살찌면 집에도 못 들어가겠더라고. 벽과 벽 사이에 껴서.

지인 1 — 대학교 때 내가 아는 선배네 집도 진짜 신기했어. 대문이나 담장 없이 없고 그냥 길에서 바로 방으로 들어가는 구조였어. 골목에서 문을 열잖아? 그럼 바로 방이 시작되는 거지. 골목에서 신발을 벗어서 방에 있는 신발장에 넣고 문을 닫았다니까, 글쎄.

지인 2 — 야, 그건 아무것도 아냐. 나는 어떤 할아버지 중개사가 보여준 집이었는데, 콘크리트로 만든 사과 상자 같은 단칸방이 덩그러니 있더라고. 그런데 그 건물에 나무 사다리가 걸쳐져 있는 거야. 이게 뭐냐고 물어보니까 올라가서 빨래 널 때 쓰래. 온 동네 사람 다 보이는 거기에 말야. 내가 딱히 할 말이 없어서 "이불 말리기는 좋겠네요" 하니까 할아버지가 미처 그 생각까진 못 했다는 듯 "그러네, 아주 딱이구먼" 하면서 어찌나 크게 웃으시던지….

지인 3 — 난 말야. 어디 공공기관에서 청년들을 위해 공유주택 입주자를 모집한다는 거야. 당연히 저렴하고 집도 좋고 위치도 딱이었어. 경쟁률이 어마어마하게 치열했지. 일단 소득증명이며 각종 서류와 함께 자기소개서를 내야 돼. 공유주택을 선택하게 된 계기, 어떻게 살아갈 것인가, 미래 목표 이런 것도 적어야 했지. 나중엔 면접도 보고. 모르는 사람 여러 명이 모여서 같이 사는 거고, 한정된 혜택을 꼭 필요한 사람한테 줘야 하니까 그런 과정이 있는 게 당연하지. 근데 들어가려는 사람 입장에선 좀 그렇더라. 난 그냥 집을 구하려는 것뿐인데 자소서에 면접이라니.

지인 4 — 선배들은 그래도 방에 보일러 전원은 다 있었죠? 전요, 학교 다닐 때 하숙집에 살았는데 보일러 켜고 끄는 권한이 집주인에게만 있었어요. 각 방에 보일러를 켜는 장치가 아예 없고요. 전기장판은 전기세 많이 나오고 화재 위험이 있다면서 또 안 된대요.

일동 — 아니, 추울 땐 어떡해, 그럼?

지인 4 ─ 문자로 집주인한테 보일러를 틀어달라고 하는 거죠. 하루는 진짜 너무 추워서 보일러를 켜달라고 연락했는데, 아무리 기다려도 따뜻해지지가 않는 거예요. 그래서…

지인 1 ─ 야… 설마… 안 돼… 하지 마.

지인 4 ─ 결국 헤어드라이어로 이불 속에 따뜻한 바람을 불어 넣어 몸을 덥혔죠. 다시 생각해도 이가 갈려요.

이렇게 어찌해볼 도리가 없는 강력한 한 방이 나오면 과열 양상을 보이던 세입자 배틀은 일순 숙연해진다. 물론 이러한 침묵은 그리 오래가지 않는다. 우리에게 자가(自家)는 없어도 술과 음식, 그리고 애환을 나눌 세입자 친구들이 있으니까!

이 글을 쓰고 주변 사람들에게 이런 말을 많이 들었다.
"아니, 어떻게 하면 이사를 그렇게 자주 해요?"
내 친구도 똑같은 질문을 했다.
"집순아(닉네임, 앞으로는 집순으로 표기), 너 근데 대체 언제 그렇게 이사를 다녔니? 우리 나이에 열다섯 번 이사가 가능한가?"

"뭐, 기숙사 생활도 많이 하고 교환학생도 다녀왔고 그런 거 다 합한 거지."

"아무리 그래도."

"너도 막상 세 어보면 이사 꽤 많이 했을 걸?"

"나? 에이 아냐, 나는 그렇게까진."

"그러지 말고 한번 세봐."

"하나… 둘… 셋… 넷………… 열여덟, 열아홉, 스물!"

"ㅋㅋㅋㅋㅋㅋㅋㅋㅋ"

"ㅋㅋㅋㅋㅋㅋㅋㅋㅋㅋㅋㅋㅋㅋ"

당신도 배틀에 참여할 자격이 있습니다. 열려 있어요.

운명의 집을

———————— 알아보는

———————— 법

"얼굴은 똑같지만 윤곽이 미묘하게 다른 두 꽃미남이 갑자기 동

시에 고백을 해온다면 어떨 것 같은가."

"야마시타 씨 저와 결혼해주십시오!"

"난 곤란했다."

-《지어보세, 전통가옥!》중에서

내가 너무너무 좋아하는 만화책 《지어보세, 전통가옥!》은 〈천재

유교수의 생활〉로 잘 알려진, 만화가 야마시타 카즈미가 일본 전통

가옥을 지으면서 벌어지는 실제 에피소드를 세 권의 책으로 펴낸 것이다. 언젠가 한옥에서 살겠다는 로망에 흠뻑 빠진 나로서는 도저히 지나칠 수 없는 스토리였다. 작가가 집을 짓기 위해 있는 대출 없는 대출 끌어모으고, 구청에 낼 산더미 같은 서류를 작성하는 모습은 때로 처절하다. 바로 그 점이 매력 포인트다. 현실감이 충만하달까.

특히 작가가 집을 지을 '운명의 터'를 찾는 과정이 흥미롭다. 평소 내 생각과 완전히 일치하는 그림이었기 때문이다. 작가는 애타게 집터를 찾던 중 건축가와 형부가 각각 찾아온, 엇비슷한 두 집터 사이에서 고민에 빠진다. 작가는 이를 우열을 가리기 힘든 잘생긴 남자 둘이 동시에 구애하는 상황에 비유한다. 그렇게 두 남자(?) 사이에서 머리를 싸매고 고민할 때 반전이 일어난다. 우연히 길을 걷다 마주친 공터를 바라보다가 거기 서 있는 한 남자와 눈이 마주친 것. 바로 그 순간, 작가는 그 집터가 자신이 찾아 헤매던 운명의 집터임을 알아본다.

너무 낭만적인가? 하지만 난 정말 공감한다. 얼마 전에도 1인 가구 친구 셋이 모여 '운명의 집'에 대해 비슷한 수다를 떨었다.

"집 구하다보면 딱 느낌 오잖아."

"맞아, 맞아."

"어떤 집은 구석구석 살펴보고 이만하면 됐다 싶은데."

"어떤 집은 들어가자마자 딱 알지. 바로 여기라는걸."

나는 열세 번째 집과 열네 번째 집에 들어갔을 때 그런 느낌을 받았다. 방문을 벌컥 열고 들어가자마자 '바로 여기'라는 직감. 어떤 기준인지도 모르겠다. 그럼에도 한눈에 알아봤다는 게 신기하다. 열세 번째 집은 집을 구하기 시작하자마자 만난 집이었고, 열네 번째 집은 많은 집을 돌아다니다가 만난 집이었으니, '운명의 집'이란 게 꼭 한참 헤매야만 만나지는 것도 아니다. 하지만 그 운명이라는 게 어떤 운명일지는 모를 일이다.

내가 운명의 집이라고 확신했던 열네 번째 집에서, 나는 쫓겨났다. 어느 날 밤, 집주인이 전화를 걸어와 건물을 재건축할 테니 나가달라고 했다. 세입자 인생 처음 겪은 시련이었다. 태양이 작렬하는 한여름에 깊은 우울 상태에 빠져 발을 질질 끌며 집을 구하러 다녔다. 서울살이 10년 만에 처음으로 고향에 돌아가고 싶은 심정이었다. 그렇게 다음 집을 찾았을 때는 '그래 여기다'가 아니라 '이만하면 됐다'였다. 솔직히 맘에 안 드는 구석이 너무 많았다. 혼자 있는 걸 그렇게 좋아하는 내가, 친구에게 "집에 혼자 있기 싫으니 며칠만 있다 가라"고 부탁했을 정도니까.

이 집에서 보낸 시간도 어느덧 1년 하고도 3개월째다. 운명의 집과의 결말이 나빴기 때문인지는 몰라도, 이제는 '이만하면 좋은' 집에서 '이만하면 좋은' 하루하루를 보내고 있다. 그리고 조용한 방에 앉아 차를 마시며 운명이란 것에 대해 다시 생각한다. 어쩌면 운명을 첫눈에 알아볼 수 있다고 생각한 게 바보 같은 것 아니었을까, 하고. 한참 지나서야 그 집과의 인연이 참 깊었구나, 하고 어렴풋이 알아차릴 수 있는 것, 운명의 집이란 그런 것일지도 모르겠다.

집,
─────── 착

그러므로 내일 일은 걱정하지 마라.

내일 걱정은 내일에 맡겨라.

하루의 괴로움은 그날에 겪는 것만으로도 충분하다.

－《라틴어 수업》, '신약성서 마태오복음 6장 34절' 중에서

"모든 게 소유에서 공유로 넘어가는 시대잖아요. 집 한 채 사서
한평생 아등바등 주택담보대출 갚고, 늙어서는 그 집 한 채에 기대
살고. 그러다 죽으면 자식들한테 물려주고. 그거 다 옛날 옛적 얘기

죠."

내 집을 갖고 싶다는 말에 그가 정신 차리라는 듯이 말했다.

"집도 결국엔 짐이에요. 그 돈으로 차라리 다른 걸 하는 게 수익으로 봐도 훨씬 나을 걸요?"

그래, 그의 말이 맞다. 이미 오래전부터 '내 집 마련의 꿈' 같은 말은 80~90년대에나 회자되던 유행어처럼 취급되고 있다. 하지만 아무리 촌스럽고 시대착오적이라 해도 갖고 싶은 건 갖고 싶은 것이다. 갖고 싶다는 희망이 죄는 아니잖아.

"조용하고 볕 잘 드는 내 집이 하나 있다면, 하기 싫은 직장 생활 따위 다 때려치우고 최소 생활비만 벌면서 자유롭게 살 수 있을 것 같아서요."

"뭐야. 결국엔 회사 때려치우고 싶다는 거네."

"그리고 이대로 혼자서 늙는다면 다른 건 몰라도 집 하나는 있어야 하지 않겠어요? 지팡이 짚을 힘도 없는데 다달이 월세 내야 하면요? 어느 날 갑자기 방 빼라고 하면요?"

"참, 신기해. 아무튼."

이렇게 적고 나니, 고작 서른에 머리 꽁꽁 싸매고 할 고민은 아니란 생각이 든다. 하지만 한동안은 그 생각 때문에 정말이지 괴로웠다. 나 스스로도 그런 꿈이 실현되기란 쉽지 않다는 걸 잘 알고 있기 때문이다. 신혼부부 두 사람이 9년간 월급 한 푼 쓰지 않고 모아야 서울에 아파트 한 채를 마련한다는데, 나는 혼자니까 단순 계산으로 18년. 그때쯤이면 아마 나는 직장 생활을 하고 싶어도 못하게 되겠지? 바보 같은 생각의 특징은 꼬리에 꼬리를 물고 더 바보 같은 생각으로 이어진다는 점이다. 정말 바보 같았다.

그럼에도 이런 나를 스스로 이해하려 노력했다. 어릴 때 이사를 너무 많이 해서 그런 걸까? 돌이켜보면, 그땐 친구들과 헤어지는 게 언제나 무덤덤했다. 하지만 이제 와 생각하니, 그건 착각이었다. 결코 괜찮지 않았다. 숱한 이사 중에는 분명 기다려지는 이사도, 행복한 이사도 있었지만 그저 지치고 막막하기만 한 이사도 적지 않았다. 하지만 나는 언제나, 난 적응력이 강하니까, 하고 무던히도 무던하려 애썼다. 완벽한 오해였다. 그래, 집착할 수 있다. 집착해도 된다. 그럴 수 있지, 뭐….

다행히, 요즘은 집에 대한 생각을 예전만큼 하지 않는다. 언제가 될지 모르는 미래 때문에 현재를 희생하는 건 스스로를 갉아먹는 짓임을 깨달았기 때문이다. 이젠 당시에 했던 바보 같은 고민마저 아, 스스로 완전히 납득하려고 그렇게 머리 아프게 고민했나보다, 하고 넘겨버린다. 그리고 날마다 주문처럼 왼다.

오늘은 오늘만큼의 걱정만. 딱 오늘만큼만.

자기만의

────── 화장실

4,761

최근 수원시지속가능도시재단이란 곳에서 수원시 주거 실태를 조사했다. 전체 가구의 1퍼센트에 해당하는 4,761가구에 입식 부엌과 수세식 화장실, 온수 샤워 시설이 없다고 한다. 전국으로 확대하면 그 숫자는 훨씬 더 늘어날 것이다. 과연 이들의 하루하루는 어떤 모습일까.

실은 내 인생에도 저 4,761곳에 해당하는 집이 몇 군데 있었다.

눈이 시리도록 새하얀 눈이 내리던 겨울이었다. 시커먼 무쇠솥에서 김이 무럭무럭 나는 물을 바가지로 퍼다가 찬물에 섞어 온도를 맞추던, 엄마의 조용한 분주함이 어렴풋이 떠오른다. 불을 끄고 누워 이불을 덮었는데도 화장실이 가고 싶으면, 엄마 손을 붙들고 마당 한구석의 으슥한 공동 화장실로 조심조심 걸음을 옮겼다. 나의 세 번째 집에 대한 기억이다. 그땐 그게 불편한지도, 힘든지도 몰랐다. 아마도 그런 걸 일상이자 생활이라고 부를 것이다. 게다가 난 엄마의 보호 아래 있던 작디작은 아이였으니까.

가족과 집이라는 그늘에서 벗어나면 현실은 적나라하다. 그 전까지는 당연하다고 여긴 모든 것들이 절대 공짜로 주어지지 않는다는 걸 처절하게 깨닫게 된다. 새내기 시절, 학교 후문 전봇대에 더덕더덕 붙어 있던 '잠만 자는 방'이 대체 뭘까 궁금했었다. 잠만 자는 방? 부엌도, 개인 화장실도, 욕실도 없이 방만 있는 단칸방을 그렇게 불렀다. 나도 20대 초반엔 부엌도 없고 공용 화장실을 쓰는 집에 살았다. 어차피 주방이 있는 친구들도 밥을 잘 안 해 먹었으니까 취사 시설은 없어도 괜찮다고 생각했지만, 공동 화장실은 피할 수만 있다면 피하고 싶었다.

공동 화장실을 써본 적 없는 사람들은 영원히 모를 몇 가지 디테일이 있다. 공동 화장실은 항상 문을 잠그고 써야 한다는 것. 그 습관이 몸에 밴 채 오랜만에 고향 집에 내려갔을 때다. 나도 모르게 화장실 문을 잠그는 내 모습을 보고 스스로 놀란 적이 있다. 욕실에 개인 샴푸나 칫솔을 둘 수도 없어서 축축한 목욕 바구니를 방 안에 보관해야 하는 점도 있다. 그 모든 복합적인 '싫음'이 집약된 곳이 아홉 번째 집 화장실이었다. 고시원치고 방이 넓고 창문도 있었지만, 화장실과 욕실이 한 층에 하나밖에 없다는 건 치명적 결함이었다. 무려 여덟 집이 공유했던 그 화장실은 공중 화장실에서나 쓰는 연녹색 칸막이로 변기와 샤워실을 구분 지었다. 남녀공용이었기에 욕실 한 구석엔 남성용 소변기까지 있었다. 거기서 씻고 나오면 늘, 씻어도 개운하지 않았다. 옷을 다 입고 나서야 미처 닦아내지 못한 비눗물을 발견한 기분이랄까.

그때는 욕실 딸린 방 한 칸이 얼마나 갖고 싶었는지 모른다. 가장 개인적인 공간을 생판 모르는 사람들과 24시간 공유해야 한다는 게, 참….

나만의 화장실을 갖게 된 지도 어느덧 3년이다. 비록 우리 집 화장실 천장에서 얼마 전부터 물이 새 내 속을 뒤집어놨지만, 이렇게 옛날을 추억해보니 이것마저 감사해야 하는 건가 싶다. 웬수 같은 너란 화장실.

아, 아까 그 4,761가구 말이다. 다행히 시에서 주거환경개선사업

을 해준다고 한다. 그나마 세상이 어떤 사람들의 화장실이나 욕실
에 관심을 갖고 있다는 것에 조금은 위로가 된다.

이사,

———————— 일상의 마침표

녹이 슬어 삐걱대는 철문을 쾅 소리가 나게 닫고 나면, 엄마는 문
밑이나 위로 열쇠를 던졌다. 조그만 열쇠 꾸러미가 시멘트 바닥에
툭 떨어지는 소리, 그 소리가 들려오면 트럭이 출발한다. 친구들이
쥐어준 색종이 편지를 만지작거리면서, 나는 몸을 돌려 작은 집이
더 작아지고 머잖아 시야에서 사라지는 풍경을 바라보았다. 참 빨
리 멀어지는구나. 그때 나는 그런 것을 신기해했던 것 같다.

도저히 정리될 수 없을 것 같은 삶도 용달차 한 대면 충분히 실
어 나를 수 있었다. 별무늬가 무수히 박힌 촌스러운 나일론 이불 보

따리며, 욕실에 있어 늘 축축했던 검은색 철제 선반, 옷가지들… 그 모든 삶의 부스러기들이 작은 트럭에 실린 채 도로 굴곡에 따라 조금씩 뒤뚱거리다 새로운 곳에 부려졌다. 낯선 집에 아무렇게나 놓인 짐처럼 우리도 새 보금자리에서 낯선 존재였지만, 짐들이 하나하나 제자리를 찾듯 우리 역시 금세 새로운 일상에 적응했다. 잦은 이사가 준 선물이라고나 할까.

이사의 좋은 점은 무한히 이어질 것 같던 지루한 일상에 마침표를 찍을 수 있다는 것이다. 잠시 멈춰서 그간의 일상을 되돌아볼 수 있다. 학교를 마치고, 또는 퇴근하고 돌아와 혼자서 짐을 쌀 때면 부지런히 물건을 옮기다 그대로 바닥에 주저앉아 편지를 읽거나 책에 빠지는 일도 많았다. 그러면서 이 집에서 새롭게 생긴 것과 여전히 남아 있는 것, 그만 버려야 할 것과 영원히 간직해야 할 것에 대해 자문하곤 했다. 그럴 때면 내 짐이 곧 내 삶의 무게요, 부피라는 생각이 든다.

대학 기숙사에서 첫 서울살이를 시작하던 그때, 내 짐은, 내 삶은 아주 가벼웠다. 고작 내 손에, 내 어깨에 매달려 있는 정도. 항상 '거기서 거기'로 이사했기 때문에 친구들의 도움을 받아 직접 짐을 나른 적도 많았다. 나보다 몸집이 컸던 하얀색 곰 인형 '고미'는 업어서 이사를 시켰다. 고시원과 하숙집을 몇 번 더 거치면서 짐은 조금

씩 늘었고 오토바이나 택시, 밴 같은 탈것의 신세를 졌다.

열여섯 번째 집으로 옮길 때는 짐이 정말로 많아져서 처음으로 포장이사를 불렀다. 트럭 한 대면 될 것 같다던 아저씨들은 막상 짐을 실어보니 한 대를 더 불러야 한다고 했다. 하긴 처음으로 전셋집을 마련했다며 침대에 책장, 식탁과 서랍장까지 사들이지 않은 게 없었으니까. 내가 그렇게 아등바등하며 사 모은 살림들이 이삿날엔 하나도 빼놓지 않고 짐짝이 됐다.

유난히 힘들었던 그해, 이사를 마치고 짐 더미 틈에 앉아 잠시 우울했었다. 거대한 책장과 빛바랜 세계명작전집, 후줄근한 옷더미가 나를 짓누르는 것만 같았다. 어쩌면 내 삶이 내가 감당할 수 있는 것 이상으로 무거워졌기 때문이 아닐까. 문득 그런 느낌이 들었다. 그날 이후, 나는 책장과 책 대부분, 어른 둘이 옮기기에도 무거웠던 수납장, 초등학교 때부터 가지고 있던 파스텔 등 묵은 물건을 많이, 아주 많이 처분했다.

여섯 번째 집에서 이사하던 때, 엄마는 무려 20년간 쌓인 짐을 정리해야 했다. 지겨워서 이를 바득바득 갈던 나전칠기 장롱 세트와 짙은 갈색 단스, 대체 왜 있는지 모를 미니 분수대 같은 것들을 그때 모두 정리하셨다. 그 커다랗고 묵직한 가구에 담긴 어두운 눈물과 쓰지도 닳지도 않은 자잘한 추억들이 이사를 기점으로 영영 과거로 부쳐진 셈이다. 그렇게 부쳐야 할 것이 어찌나 많았던지, 엄마는 이삿날 아침까지도 짐을 다 싸지 못했다. 이삿짐센터 아저씨들이 가져온 플라스틱 바구니에 짐을 던지다시피 해, 겨우겨우 이사를 마쳤다고 한다. 끝나지 않을 것 같던 이야기에도, 그렇게 또 하나의 마침표가 찍어졌다.

이 집에서는 어떤 삶의 무게로 떠나게 될까. 몇 시간 만에 짐을 쌀 수 있으려나. 짐을 많이 줄였으니까 세 시간? 다섯 시간? 그 부분에 있어서는 다가올 이사가 조금 기대되긴 한다. 그때까지 절대 잊지 말자. 아무리 욕심 내봤자 결국, 내가 짊어질 수 있는 것만이 내 삶이라는 사실을.

신기한

———— 위로

"선배, 얼마 전부터 다리가 이상해요."

"다리가? 어떻게?"

"종아리에 감각이 없는 것 같아요. 바닥을 디딜 때마다 구름을 걷는 것처럼 좀 비현실적인 느낌이라고 해야 하나. 다리가 풀린 것도 아니고 저린 것도 아니고, 그냥 다리가 없는 것 같다고 할까."

"집순아, 잘 들어. 그게 바로 '기가 막힌다'는 거야. 너 지금 기가 막혀서 그래. 집에 가서 푹 쉬어. 밥 잘 챙겨 먹고."

열네 번째 집에서 쫓겨나 새 집을 알아보고 있을 때, 내 머릿속엔 온통 집 생각뿐이었다. 보는 사람마다 붙잡고 집에 관한 일을 상의했다. 한번은 별로 친하지도 않은, 아는 아저씨에게 또 집 이야기를 늘어놨다. "지금 예산으론 갈 수 있는 데가 많지 않아서요. 아, 얼마 전에 본 옥탑인데 여기 어떤 거 같으세요?" 이러면서 종알종알거리는데, 한두 번 "그건 좀 그렇네" "뭐 나쁘지 않네" 하며 무성의한 답을 해주던 그가, 나에게 이런 말을 던졌다.

"야, 궁상 좀 떨지 마라."

예상치 못한 일격에 순식간에 눈물이 고였다. 울음을 참으려고 고개를 돌렸다. 반박은 하지 못했다. 화도 못 냈다. 할 말이 없어서가 아니라 입을 열면 눈물이 흐를 것 같아서. 사실, 당시의 대화 맥락상 의도가 나쁜 말은 아니었다. 그의 뜻은 괜히 돈 몇 푼 아낀다고 고생 말고 부모님 안심하시도록 좋은 집을 구하라는, 나름의 격려(?)였다. 하지만 저런 말을 내뱉은 사람의 행간에 숨은 의도까지 내가 일일이 헤아려야 한다면, 그건 너무 불공평한 일이다.

이런 일들을 겪고도 내 다리에 감각이 없는 건 집을 보느라 자주 걸어서라고만 생각했다. 그런데 그간의 사정을 들은 선배가 이런 진단을 내려준 것이다.

"기가 막혀서 그래."

아, 내가 지금 기가 막힌 일들을 당하고 있구나. 그래, 이런 게 기가 막히는 거지, 뭐겠어. 나는 어린아이처럼 고개를 크게 위아래로 끄덕이고는 선배의 말대로 집에 가서 쉬었다.

"힘내!"

"다 잘 될 거야!"

"너무 걱정하지 마."

다들 정말 걱정해서 해주는 말인 걸 알지만, 진짜 힘들고 슬플 때 이런 위로는 종종 지나치게 쉽게 느껴진다. 생각해보면 이럴 때 내게 정말 도움이 됐던 것은 감정의 정체를 찾는 것이었다. 내 기분을, 분노와 슬픔의 정체를 알면 이해할 수 있고, 나중엔 해체할 수 있다. 선배의 진단은 나에게 그런 역할을 해줬다.

그 선배의 신기한 위로는 그때가 처음은 아니었다. 다리에 감각이 사라져가던 바로 그 즈음, 우리 집 건물에서 독거사한 할아버지의 시신을 우연히 보게 됐다. 그것만으로도 나는 기가 쑥 빠졌는데, 며칠 뒤에 또 다른 사고를 목격하고 만 것이다. 퇴근하고 집에 들어가는 길, 경광등만 켠 구급차가 슬로모션처럼 들어와 집 앞에 멈춰서더니, 사람 몇이 내려 바닥에 쓰러진 여자를 살피기 시작했다. 머리를 다친 것 같았다. 검은 아스팔트에 피가 흘러 어둡게 반짝였다. 피가 정말, 정말 많이 흘렀다. 머리를 다치면 피가 저렇게 많이 나는구나. 오직 그 생각만 들었다. 그녀의 몸을 붙잡고 있는 한 남자가 드라마처럼 애처롭게 그녀의 이름을 부르는 것이 멀게 들렸다.

그날 밤, 나는 집으로 들어가 찬장에서 굵은 소금을 꺼내 현관에 집어던지듯이 뿌렸다. 타일 위로 소금 알갱이들이 차르르 소리를 내면서 미끄러졌다.

"아니, 집에서 쫓겨난 것도 모자라 보통 사람들은 평생 보지도 못할 일이 어떻게 이렇게 연달아 일어날 수 있죠?"

그때 선배가 해준 말은 이랬다.

"집이 너랑 정을 떼나보다. 집도 정을 떼거든. 살던 사람이랑."

이상한 해석이었다. 하지만 그때 내겐 그 상황이 그렇게밖엔 설명되지 않았다. 나는 또 고개를 크게 끄덕이고 집으로 돌아가 이사갈 집을 열심히 찾았다. 계속 이사를 준비하고 있었지만, 진짜 이사하겠다는 마음을 먹은 선배의 조언을 들은 건 그날 이후부터였다.

생전

──────── 정리

몇 년 전, 친구가 이사할 때 생긴 일이다.

"짐 다 쌌어?"

"으응… 대강."

'대강?'

슬픈 예감은 결코 틀리지 않는다. 조금만 도와주면 된다던 친구의 집엔 전날 덮고 잤던 이부자리가 고스란히 펼쳐져 있었다. 주방에선 당장이라도 밥을 지어 먹을 수 있을 것처럼 모든 물건이 제자리에 놓여 있었다. 친구의 목을 조르며, 그러고도 잠이 오고 밥이

목구멍으로 넘어가냐고 잔소리를 발사했다. 친구는 켁켁대며 "미… 미안해, 자… 잘못했어"라고 빌기 시작했다. 그럴 만하다. 그래도 싸다! 친구는 그날 오후 네 시 비행기를 타고 베트남으로 떠나야 했기 때문이다. 의류 제조업체에 다니는 친구는 회사 공장이 호치민으로 이전하면서 직장을 따라 이주하게 됐다. 돌아올 기약 없이 말이다.

상황이 이 지경인데도 나의 사랑하는 친구는 물건을 하나하나 들어보며 "이거 필요할까?" "이거 진짜 비싸게 주고 샀는데" 하는 잠꼬대 같은 소리나 웅얼댔다. 그 뒤편으론 "이래갖고 오늘 중으로 이사하겠어?"라며 혀를 끌끌 차고 계시는 주인 아주머니, 그 순간에도 째깍거리며 돌아가는 시계. 나라도 정신을 차려야 했다.

가구는 대부분 상태가 멀쩡해서 주인댁에 넘기기로 하고 물건만 정리하기로 했다. 대형 쓰레기봉투를 들고 물건을 쓸어 담았다. 처음엔 친구에게 필요한 물건인지 묻다가, 나중엔 그냥 봉투에 던져넣었다. 그렇게 마구잡이로 버린 물건 중에는 내가 아는 것도 몇 가지 있었다. 친구가 고민에 고민을 거듭해 주문한 이불 쿠션 세트나 서랍장, 해외유학 시절부터 이고 지고 온 옷과 화장품, 장식품 같은 것들. 그 물건들이 한순간에 쓰레기가 됐다. 그 모든 것을 미친 듯이 내다 버리고도 대형 캐리어로 세 개의 짐 더미가 남았다. 캐리어

두 개는 양손으로 끌고, 나머지 하나는 몸통으로 밀면서 멀어져가는 친구의 뒷모습을 서울역에 남아 바라봤다. 좀 뜬금없지만 이런 생각이 들었다. 이 세상을 떠날 때 아무것도 가져갈 수 없다는 게… 바로 이런 건가?

'생전 정리'라는 말이 있다. 죽기 전 물건을 정리하면서 자신이 살아왔던 삶을 하나하나 되새겨보는 것. 남겨진 사람들을 위한 마지막 배려. 내게 이사는 그 생전 정리를 연상시킨다. 평소엔 관심도 없는 나의 인생 여정이나 삶과 죽음 같은 것에 대해 한 번쯤 돌아보게 만들기 때문이다. 이사나 물건 정리갖고 무슨 삶과 죽음씩이나 운운하느냐고 한다면 할 말이 없다. 하지만 그렇게 비판하는 사람도 분명 마음속 한구석에는, 하긴… 그럴 때가 있지, 라고 생각할 거라 나는 믿는다.

짐을 싸다보면 스스로도 잘 몰랐던 자신을 발견하게 된다. 예를 들면 이런 것이다. 열세 번째 집에서 짐을 정리하다가 의문에 휩싸인 적이 있다. 책상 서랍, 옷장, 책장 꼭대기, 한동안 메지 않은 가방 속에서 같은 물건이 연달아 발견됐기 때문이다. 바로 '여행용 티슈'였다. 까먹고 실수로 다시 샀다고 하기엔 그 양이 꽤 많았다. 한 무더기를 이룬 여행용 티슈를 바라보며 짧은 추리를 해봤다.

내 결론은 '불안'이었다. 여행용 티슈란 게 사실 여행에서도 한두 장 쓸까 말까 하는 일종의 비상물품 아닌가. 혹시 물 엎지르면 어쩌지? 공용 화장실에 휴지가 없으면? 이런 걱정 때문에 챙기는 물건. 나는 그 집에서 취업을 하기까지 1년을 백수로 지냈다. 남들에 비해 길든 짧든 당연히 내겐 힘든 시기였다. 겉으론 언제나처럼 무던했지만, 속으론 그럴 리가. 장을 볼 때마다 여행용 휴지를 사 모으면서 나도 모르게 유사시에 대비하고 있다는 자기 위안을 했던 셈이다. 극한 상황에 몰렸던 사람들은 그 상황에서 벗어나도 비상식량을 냉장고에 쌓아두는 등의 강박 증세를 보인다는 얘길 들은 적이 있다. 정도의 차이는 있지만 원리 자체는 비슷한 행동이다.

여행용 티슈 정도로 잘 버텼군. 고생했다. 잘했다. 내 자신! 이렇게 그때의 나를 칭찬해주었다. 내 마음 깊숙한 곳에 잠들어 있었을 그때의 불안도 잘 닦아내 쓰레기통에 버렸음은 물론이다.

한때 좋아했던 책이나 옛날 일기장을 발견하면, 그 자리에 앉아 읽기 시작한다. 예전엔 그토록 아꼈는데 이제는 아무 감흥이 없어 당황스러운 책들도 있고, 여전히 좋은 책도 있다. 글은 그대로니까 내가 변한 것이겠지. 그 짧은 2년이라는 기간에도 내 안의 어떤 것은 완전히 변하고 어떤 건 영원히 그대로다. 지금은 기억도 나지 않는 고민들과 자잘한 감상으로 빼곡한 일기장을 읽을 때면 꿈꾸기만 하던 것이 이미 이뤄져 새삼 보람찬 순간도, 고작 이걸 위해 내가 그렇게 고군분투했나 싶어 허탈해지는 순간도 있다. 하지만 어떤 일이든 원인이 있어 결과가 있다는 삶의 진리는 똑같다. 그놈의 진리를 깨닫다가 시간이 너무 흘러 새벽까지 짐을 싸는 부작용이 발생하긴 하지만.

이사는 아니지만, 열여섯 번째 집으로 들어온 직후 많은 물건을 내다 버렸다. 그러면서 죽음에 대해 어느 때보다 많은 생각을 했다. 단순하게는 이거 없다고 죽는 것도 아닌데, 하는 마음으로 물건을 과감하게 처분하기도 하고, 이런 걸 치우지 않고 갑자기 내가 멀리 떠나기라도 한다면 남겨진 사람에게 실례겠지, 하는 마음으로 정리를 한 적도 있다. 미니멀 라이프 입문 필독서《나는 단순하게 살기로 했다》의 저자 사사키 후미오 역시 갖고 있던 대부분의 물건을 처분하곤 그런 생각을 했단다. "이젠 내게 무슨 일이 생겨도 다른 사람에게 폐 끼칠 일은 없겠구나" 역시 세계 어디든 사람들 생각하는 건 다 똑같은가보다.

살면서 인생이니 죽음이니 하는 것에 대해 생각해보는 순간이 과연 얼마나 될까? 의도치 않게, 이사는 그런 희귀한 시간을 선물해준다. 땀을 흘리며 물건을 정리하다보면 자연스럽게 떨쳐내야 할 것들을 떨쳐내고 새로운 자리를 만들게 된다. 인생의 변곡점에서 갈등할 때, 새로운 시작 앞에서 머뭇거리고 있을 때 이 방법을 써보는 것도 좋을 듯하다. 무슨 갈등이나 고민을 해소하는 데 굳이 이사씩이나 해야 하느냐고 묻는다면 할 말이 없다. 하지만 그렇게 비판하는 사람도 분명 마음 한구석에는 하긴, 아주 틀린 말도 아니라고 생각할 거라 나는 믿는다.

전세집이
——————— 뭐라고

"어머님, 아버님, 제 조카입니다."

"아아, 그래요. 아이구, 바쁜데 왜 왔어."

"아니에요, 오늘 쉬는 날이라 하나도 안 바빠요."

"얘가 서울서 대학 나와서 회사에 착실하니 다니고…"

"아이고, 시상에나! 장하다, 장해."

"예, 그리고 지가 돈 모태갖고 전세까지 들어갔어라."

"(??!)"

전.셋.집. 거기에 무슨 특별한 의미랄 게 있나? 눈에 불을 켜고 전셋집을 물색해 열네 번째 원룸을 전세계약했지만, 그건 다 미래에 집을 소유하기 위해 한 푼이라도 아끼려는 조치일 따름이었다. 시대에 뒤떨어진 '집 소유욕'에 활활 불타오르고 있는 내게, 구매가 아니면 월세나 전세나 다 같은 '대여'일 뿐.

하지만 우리 부모님 세대에게 전셋집은 조금 특별한 의미인 듯하다. 지난해, 친척 결혼식 참석차 장인과 장모님을 모시고 상경한 작은 삼촌 내외를 마중 나갔다. 작은 삼촌이 처음 뵙는 사돈 어르신들께 나를 소개하며 꼽은 세 가지 키워드에 '전세'가 있었다. 1번(서울에서 학교 나옴)과 2번(서울에서 직장 다님) 키워드가 나왔을 때만 해도 착한 아이답게 고개를 끄덕이던 나는, 3번(서울에 전세…) 키워드에서 깜짝 놀라 고개를 번쩍 들었다. "이거, 초면에 합당한 소개인가요? 아… 아니에요, 그냥 방 한 칸짜리 집이에요"라고 손을 내저었지만, 당황한 내 마음을 아시는지 모르시는지 할머니 할아버지께서는 "그래그래"를 연발하시며 인자한 미소를 지어 보이셨다.

작은 삼촌도 삼촌이지만 우리 엄마는 또 어떻고. 열네 번째 집으로 이사하기 전 날은 엄마의 생신이었다. 이사를 돕기 위해 올라온 엄마는, 케이크를 사다가 생일잔치를 하자는 내 말에 단호히 거부 의사를 밝혔다. 그런데 그 이유란 게 좀 그랬다.

"나는 눈에 흙이 들어가도 월셋집에서 생일을 맞이하진 않을랑게."

아니, 뭐 그렇게 진지할 것까지야. 그 기세에 눌려 다음날 이사 간 전셋집에서 촛불을 켰다. 내 휴대폰에는 아직도 생일 축하 노래에 맞춰 군인처럼 박수를 치는 엄마의 신난 표정이 사진으로 고이고이 남아 있다.

'세계 유일무이, 집을 매개로 한 사금융 제도' '우리나라를 시세차익을 노린 갭 투자의 온상으로 만든 주범'. 전세 제도를 향한 이런 비판도 적지 않다. 하지만 평생을 두고 내 집 장만할 날이 올까 아득한 사람들에게, 전세는 내 집 마련이나 마찬가지였다. 지금처럼 2년에 한 번씩 꼬박꼬박 전세금을 올리는 경우도 비교적 적었고, 그래서 요즘보단 한곳에 오래 머무를 수 있었다. 전셋집이 곧 우리집이었고 전세금이 곧 전 재산이었다. 그런 전세금을 딴 데 쓰려고 빼거나 떼이기라도 하면, 집이 망하고 인생이 무너지는 줄 알았다. 건설사가 부도나서 결국 보증금 일부가 날아갔던 나의 여섯 번째 집. 전세금을 돌려받지 못할 수 있다는 소식에, 엄마는 어찌할 바를 몰라 울고불고했다. 그런 여동생 보기가 안쓰럽고 답답했던 큰삼촌은 무작정 우리 아파트 사무소를 찾아갔다.

"여기 다 어려운 사람들 들어온지 알지라? 그 돈이 어떤 돈인지 알지라!"

삼촌은 그렇게 말하고 돌아오는 수밖에 없었다고 한다. 전세 하니까 생각나는 기억이 또 하나 있다. '가정환경조사서'에 관한 이야기다. 내가 어릴 땐 해마다 새학기가 되면 가정환경조사서를 제출해야 했다. 소득이나 주거 형태를 적어야 했던 그 갱지는 매해 3월 내 손에 들려 엄마에게로 전달됐다. 소득 수준이야 어려운 학생을 지원하기 위해 조사한다고 쳐도 주거 형태는 대체 왜 필요했을까? 그리고 왜 같은 질문을 6년 내내 반복해야 했을까. 말해봐요, 그때 나한테 왜 그랬어요?

어느 3월이었다. 바닥에 배를 깔고 누워 가정환경조사서에 볼펜으로 체크를 해나갔다. 그러다가 모르는 단어가 나왔다.

"엄마, 이거는 어디에 표시해? 자가, 전세, 월세…"

"전세에다 표시하면 돼."

"전세가 뭔데?"

"우리 집이란 뜻이야."

"그럼 자가랑 월세는 우리 집 아니고 뭐야?"

"아니, 다 같은 건데 종류가 좀 다른 거야."

"그니까 뭐가 다른데?"

"전세에 표시해, 그냥…"

주민등록증
—————— 뒷면

"그럼, 주민등록증 뒷면 엄청 복잡하겠다."

이사를 열다섯 번이나 했다고 하면 꼭 이렇게 되묻는 사람들이
있다. 이사를 하면 주민등록증 뒷면에 새로운 주소를 적기 때문이
다. 하지만 내 민증 뒷면에 적힌 주소는 의외로 단 세 곳뿐. 지금 사
는 열여섯 번째 집과 열네 번째 집, 열세 번째 집이다. 성인이 된 이
후, 기숙사를 제외하면 서울에서 모두 여섯 곳의 집에 살았지만, 그
중 딱 절반만이 내 '공식 기록'에 등재된 셈이다. 이렇게 된 데 특별

한 이유가 있었던 건 아니다. 그냥 잘 몰랐고, 모든 잘 모르는 것들이 그렇듯 이유 없이 조금 무서웠다.

전입신고는 'OO 씨가 OO에 분명히 살고 있습니다'라고 공식적으로 기록하는 절차다. 거주지를 옮기면 응당 해야 하는 필수 사항이다. 법적으로 전입신고를 해야 보증금이나 전세금을 보호받을수 있기 때문이다. 그럼에도 내가 상경한 이후 줄곧 전입신고를 하지 않았던 데에는 보증금이 적어 큰 필요성을 느끼지 못했던 탓도있다. (다만, 전국 어디서나 투표할 수 있는 요즘과 달리, 거주지에 가 투표해야 했던 과거엔 투표하기 번거로운 단점이 있었다.) 또 하나 중요한 원인은,이제 와서 하는 얘기지만, 그때까지만 해도 내가 사는 곳을 '우리집'이라고 생각하지 않아서였다. 몇 년 전까지만 해도 우리 집은 의심의 여지없이 나의 고향집이었다. 서울 집은 어디까지나 '임시 거처'라고 여겼던 것이다. 그래서 학창 시절에 "너네 집은 어디야?"라는 질문을 받으면, 늘 다시 묻곤 했다. "우리 집? 어디, 고향? 서울,지금 사는 데?"

그래서 내 세입자 인생에서 전입신고는 나름의 모험이었고 사건이었다. 아직도 처음으로 민증 뒷면에 내가 사는 주소가 새겨지던날이 생생하게 기억난다. 열세 번째 집에 산 지 4년쯤 됐을 무렵이었다. 월세 세액공제를 받으려면 전입신고를 해야 한다는 얘길 듣고 나서 신고를 결심했다. 전입신고는 집주인 동의가 필요 없다. 그 사실을 인터넷으로 확인하고 또 확인했지만, 왠지 남몰래, 정확히는 주인 몰래 나쁜 짓을 저지르는 기분이었다. 비장한 표정으로 주민센터에 갔으나 정작 현장에선 놀랄 만큼 간단히 처리가 끝나 조금 무안했다.

집에 돌아와서 며칠 동안은, 집주인이 "집순 씨, 혹시 나 몰래 전입신고 했어요?"라고 물어보지나 않을까 잔뜩 졸았지만, 당연히 그런 일은 일어나지 않았다. 우스운 건 결과적으론 세액공제를 받지 못했다는 점이다. 아니, 신청하지 못했다. 바보 같은 이유지만, 저렴한 월세를 수년째 올리지 않았던 주인 내외에게 왠지 미안한 마음이 들어서였다. 내가 세액공제를 신청하면 집주인이 지금까지 신고하지 않은 임대소득이 드러날 테니까….

지금은 그냥, 그때를 계기로 빠짐없이 전입신고를 하고 있으니 그걸로 됐지, 하고 자기합리화를 하고 있다.

아무튼, 세액공제 덕에 나는 자취생에서 '세대주'로 거듭났다. 그리고 주민등록증 뒤에 깨알같이 적힌 내 주소를 쓰다듬던 그날, 불현듯 한 가지 사실을 깨달았다. 우리 집이 이제야 비로소 이사를 했네. 고향집을 떠나 서울로 이사 오는 데는 몇 시간이면 족했지만, 마음속 우리 집을 온전히 옮기는 데엔 무려 7년여의 시간이 걸린 셈이다. 진정한 독립의 시작이었다.

집을 떠나온 사람만 독립을 하는 것은 아니다. 남겨진 사람도 좋든 싫든 홀로서기를 해야 한다. 내가 마음속 우리 집을 옮겨오는 동안, 엄마도 1인 가구의 삶을 새롭게 시작해야 했다.

자녀의 독립을 맞이한 모든 가족들이 그렇겠지만, 단둘이 의지해 살아온 엄마와 나에겐 더더욱 간단치 않은 일이었다. 고향집을 지켜야 하는 엄마에겐 나의 부재가 더욱 크게 다가왔을 것이다. 그 증거는 바로 내 방이었다. 내가 서울에 올라오고도 수년간, 내 방은 말 그대로 박물관처럼 보존되었다. 딱 열아홉 때 내가 좋아하던 영화와 만화 포스터로 장식된 벽, 책상 첫 번째 서랍 속에 가지런히 정리된 색색의 사인펜과 색연필, 지우개 같은 문구류, 그 반대쪽 첫 번째 서랍에 빼곡한 음악 테이프와 워크맨, 기다란 책장의 두 칸을 차지했던 세계명작전집까지, 모든 게 그대로였다.

내가 돌아가는 날이면, 엄마는 그곳에 마치 어린 나를 기리듯이 향기 나는 예쁜 비누나 사탕을 올려두기도 했다. 나는 나대로, 어른이 된 나와 엄마가 생각하는 어린 나의 괴리 앞에서 어찌할 바를 몰라 어정쩡했다. 서울로 돌아가는 나를 배웅하는 엄마가 터미널에서 눈물을 훔치고 있을 때, 나는 묘한 죄책감에 사로잡혔다. 그땐 그런 변화가 우리를 망가트리고 무너뜨리려는 것만 같았다. 무너

져야만 새로운 것이 들어선다는 것을 그때는 우리 둘 다 몰랐다.

시간은 흐르고 사람도 변한다. 내 방도 이름만 '내 방'일 뿐 점차 위상이 달라지기 시작했다. 엄마는 내가 아끼던 책 일부를 친척 동생들에게 보냈고, 홈쇼핑에서 산 물건을 쌓아두기도 했다. 원래 작은 방이라 박스를 몇 개 두고 나니 한 사람이 앉기도 옹색한 창고가 됐다. 내 방이 사라진 것이다. 그새 중간에 내 방이 부활할 뻔한 적도 있다. 새로운 집으로 이사를 하면서, 엄마는 현관 앞 작은 방을 다시 '내 방'으로 부르려고 했다.

"내가 맨날 쓰지도 않는데 아깝게 뭐 하러. 손님들 오면 잘 수 있게 '게스트 룸'으로 하자."

은근 손님맞이를 좋아하는 엄마가 내 말에 대찬성을 했다. 손님을 위해 탁상용 거울도 놓고, 앉은뱅이 책상 서랍에는 호텔처럼 빗이나 필기도구 같은 걸 넣자는 아이디어까지 냈다. 물론 엄마는 아직도 내가 가면 네 방에 이불 깔아뒀다고 말하긴 한다.

그러나 누가 뭐래도 내 방은, 내 집은, 이젠 정말 여기 서울이다. 엄마 앞에서 아무렇지도 않게 '우리 집'이라고 우리 집을 이야기할 때, 그걸 엄마가 '너네 집'이라고 받을 때, 명절이 끝나고 우리 집 현관문을 열고 고향에서 바리바리 싸온 짐을 내려놓을 때의 그 편안함. 이삿날 주민센터에서 내 손으로 주소를 갱신할 때마다 느끼는 약간의 으쓱함과 책임감. 그 모든 것이 우리 집을 '우리 집'이라고 말해준다. 그러니까 민증 뒤에 적힌 내 이사의 기록들은 결코 표류나 방황의 흔적이 아니라, 나의 제2의 안식처, 소중한 '우리 집'의 리스트인 셈이다.

꼭 찾아낼게,
—————— 열일곱 번째
—————— 집

"이런 것도 사주에 나오나요? 저, 언제 집 장만을 할 수 있는지?"

"어디 보자. 들었네, 들었어. 부동산 문서가 하나 들어오겠어."

"흑흑, 드디어 제 인생에도 유주택 시대가… 언제요? 언제 들어오나요?"

"내년!"

"내, 내년이요? 분명한가요?"

"그렇게 딱 나와 있어."

"저어, 올해 8월이 전세 만기인데. 계약 연장한다고 해도 이사는 내후년이잖아요."

"아무튼, 사주엔 그래!"

하늘이 정해준 내 운명이야 어떻든 전세 만기는 지엄한 것이다. 열여섯 번째 집에서의 2년도 벌써 8월 말이면 만료다. 집주인은 기존의 월세 세입자를 내보내고 집 상태에 비해 높은 전세금에 새로운 세입자인 나를 받았다. 전세를 월세로 바꾸고 싶어 하는 집주인들이 대부분이라는 점을 고려하면, 우리 집주인이 어디엔가 쓸 목돈이 필요했을 거라고, 나는 짐작하고 있다.

그렇다면 8월에 전세금을 올려달라거나 방을 비워달라고 할 가능성은 낮다. 하지만 자고로 세입자는 항상 만반의 준비를 해야 하는 법. 어쩌면 더 좋은 조건, 더 안정적인 집을 찾을 수 있을지도 모른다. 물론 나가고 싶다 한들 집주인이 전세금을 돌려줘야 나갈 수 있겠지만 말이다. 실은 이 집에 들어올 때부터 그게 걱정이었다. 다음 집에선 꼭 전세보증보험에 가입해야지, 뒤늦은 다짐을 하는 중이다. 다행히 2018년 초부터 집주인의 동의 없이도 전세보증보험에 가입할 수 있도록 규정도 바뀌었다.

이 글을 쓰는 지금은 5월 초, 이사(할지도 모르는) 시점 4개월 전이다. 벌써부터 나는 동네 부동산에 멈춰 서는 일이 잦다. '아파트 급매물 시세보다 저렴' '한옥'(확실히 요즘엔 한옥 매물이 자주 보인다. 하지만 북촌 한옥 같은 걸 상상하면 금물이다. 겉으로 보기엔 그냥 콘크리트 단층 주택을 한옥이라고 올려놓은 것도 본 적이 있다. 물론 콘크리트를 다 벗겨내면 대들보가 나올 수도 있겠지만 대공사는 필수겠지.) 이런 단어에 시선이 내리꽂힌다. 빚을 내서 다 쓰러져가는 집이라도 질러봐? 하는 용기를 잠시 품어봤지만, 역시 빚을 아무리 낸들 이미 다 쓰러진 집을 구하기에도 한참 모자란다.

지난달엔 나에게 열네 번째 집과 열여섯 번째 집을 소개해준 부동산에도 전화를 걸었다. 대답을 알고 있어도 어쩔 수 없이 같은 질문을 한다. "요새 전세 별로 없죠?" 중개인은 "그 집, 아마 나가란 소리 못할걸? 그냥 지금 사는 데 살아요. 아니면 차라리 청약을 해보든가." 그래, 언제는 부동산에서 기다렸다는 듯이 "딱 맞는 게 있어요"라고 했던가. 걱정 마, 나의 열일곱 번째 집. 내가 끝까지 널 찾아낼 테니까.

당장의 이사 준비로도 머리가 아프지만, 이사 즈음이면 하염없이 다음 집, 그 다음 집에 대한 생각이 꼬리에 꼬리를 문다. 열일곱 번째 이사 다음에 열여덟 번째 이사가 있을까? 열아홉 번째는, 스무 번째는?

내 인생엔 몇 번의 이사가 더 남아 있을까. 지금껏 그래왔듯, 현재로선 도무지 상상도 못할 곳에 살고 있을지 모른다. 요즘 같은 분위기라면 한 스물세 번째 이사는 평양이나 개성 같은 곳으로 가게 될 수도 있지 않을까 싶은데. 북한 집값은 얼마나 하나? 찾아보니 벌써 기사가 있다. 집값이 가장 비싼 평양의 아파트는 평균 1억 원, 대동강 조망이면 2~3억 원까지 이른다고 한다. 서울에 비할 바는 아니지만 북한 역시 만만치 않다. 게다가 주택금융연구원이 발표한 '북한의 주택 정책과 시장화 현황'에 따르면, 지난해 북한 주택 보급률은 60퍼센트 수준에 불과하단다. 북녘에서도 내 집 장만은 쉽지 않겠구나. 그래, 언제 뭐라도 쉬운 적이 있었던가. 그런 생각에 빠져 있다가 번쩍 정신이 든다. 미래의 집에 대한 부질없는 고민은 그만 접고, 이젠 일어나 집이나 가자. 그러면서 이렇게 되뇌었다.

지금의 나에게도 돌아갈 집이 있다는 거, 그 사실을 잊지 않을게.

2

집은
아무런 잘못이
없다

애증의

부동산

중개인 1

"이 가격에 이런 집 어디 가서 못 구해요. 이 정도면 후-울륭하지,
아주."

그런 말을 들으면 내색은 안 하지만, 나는 속으로 항상 맞받아친
다. 그렇게 좋으면 당신이 살든가. 당신은 왜 여기서 안 사는데? 집
을 구할 때 부동산 중개인이 이런 말을 하는 곳은 장담컨대, 별로
다. 백발백중이다.

직방, 다방, 네이버 부동산, 피터팬의 좋은 방 구하기 등등 나도
집을 구할 때는 이런 온라인 매물을 먼저 뒤진다. 눈팅만 하는 게

아니라 직접 보러 많이도 다녔다. 하지만 왜인지는 몰라도 결국 계약하는 집은 부동산 중개인이 보여준 집이다. 그래서 내게 부동산 아저씨 아줌마들은 너무나 중요하다. 내가 먹고 자고 할 곳을 물색하고 알려주는 소중한 존재들이니까.

그런데 하늘 아래 그 모든 방들이 제각각으로 생겼듯이 부동산 중개인들의 개성도 만만치 않다. 슬프게도 지금까지 부동산 중개인과 관련된 기억 대부분은 좋지 않은 것들이다. 나는 벽지나 바닥색도 보고, 동네 분위기도 보고, 올라가는 계단도 살펴보고, 창문은 튼튼한지도 따져봐야 하는데, 일부 무심한 부동산 중개인들 눈에는 천장과 벽이 있으면 이미 더할 나위 없는 집인가보다. 그런 분들에게 푼돈을 들고 가 "3층 이상에 햇빛이 잘 드는 집을 원해요"라고 말하는 나 같은 사람은, 그저 고생할 줄 모르는 철부지 젊은 여자다. 내 예산과 요구를 이야기하면 "그런 건 없어요, 여기 시세는 이 정도예요." 그냥 이렇게 말해주면 되는데, "아가씨가 세상 물정을 모르네"라거나 "그런 집 있으면 나한테 좀 알려달라"는 면박이 돌아온다.

오랜 경험을 통해, 나는 젊은 아줌마 중개인이 나와 합이 맞는다는 것을 알아차렸다. 같은 여자의 눈으로 봐서 그런지 그들이 보여주는 집들은 항상 중간 이상이었다. 현재 살고 있는 열여섯 번째 집과 내가 '운명의 집'이라고 부르는 열네 번째 집, 한두 해 살 줄 알았는데 꼬박 5년을 살았던 열세 번째 집이 모두 아줌마 중개인이 찾아준 곳이다. 특히 열여섯 번째 집을 소개해준 분은 두 번의 중개만에 나의 자금 상황은 물론 취향까지 꿰뚫었다. 열여섯 번째 집을 구할 때 정말 많은 집을 봤지만, 결국은 그녀가 "내가 자기 취향 딱 알잖아"라며 보여준 첫 집으로 이사를 오게 됐다.

물론 모든 건 케이스 바이 케이스이고 사람 나름이다. 내 기억 속 최악의 중개인 두 명은 모두 여자였다. 응암동 쪽으로 집을 알아보러 갔을 때다. 열네 번째 집에서 계약기간보다 일찍 쫓겨나는 상황이라 무너진 정신을 가까스로 그러모아 집을 보러 다니는 중이었다. 겉으로 보기엔 동네의 평범하고 낡은 부동산 같았는데, 문을 열자 의외의 풍경이 펼쳐졌다. 6평 남짓한 조그마한 공간에 한눈에 보기에도 앳돼 보이는 청년 네댓 명과 30대 후반 정도 돼 보이는 여자 한 명이 있었다. 무슨 PC방처럼 각자 컴퓨터 앞에 앉아서 끊임없이 커뮤니티에 매물 홍보 글을 올리는 듯했고, 그들의 휴대폰 울리는 소리도 멈추질 않았다. 느낌이 안 좋았다.

"아까 전화 주신 분이죠? 저랑 같이 가실 거예요. 이리 오세요."

여자가 반갑게 웃으며 나를 맞았다. 그날 모두 세 곳의 집을 봤다. 첫 번째 집은 신혼부부가 살고 있는 1층 투룸이었고, 또 다른 집은 빈집이었다. 다른 한 집은 할머니와 손녀 둘이 살고 있는 다세대 주택이었다. 사실 세 집 모두 깔끔하고 예뻤다. 하지만 왠지 살고 싶다는 결심이 서지 않았다. 그런데 중개인은 집을 옮길 때마다 "여기 우리가 지금 안 하면 오늘 중으로 딴 사람이 차지할 거예요. 계약하러 갑시다"라고 자꾸만 계약을 독촉하는 것이다. 마음에 들어야 계약을 할 것 아닌가. 집을 보러 다니는 내내 꾹꾹 누르던 짜증이 폭발한 것은 그녀의 차를 타고 다른 집으로 이동하던 때였다.

"아니, 진짜 집 볼 줄 모르네. 집 볼 줄 몰라. 다른 부동산에서 집들 좀 봐봤어요? 여기랑 비교도 안 돼요. 집 안 구해봐서 잘 모르나 본데…"

그 말에 마지막 이성의 빗장이 풀리고 말았다.

"아무리 좋아도 제 마음에 안 들면 안 드는 거 아네요? 왜 억지로 계약하러 가자고 그래요!"

집을 구할 때 절대 중개인의 말에 휘둘려서는 안 된다. 결국 그 집에 살 사람은 중개인이 아니라 나이기 때문이다. 아무리 전문가라고 해도 그 집에서 살 사람보다 더 절실할 수는 없다. 함께 가서 집 컨디션을 세심하게 따져주는 분도 있지만, 되레 집 구하는 이에게 태클을 거는 중개인도 많기에, 정신을 똑바로 차려야 한다. 하지만 아무리 마음속으로 되뇌어도 흔들리지 않기란 쉽지 않다. 한번은 수압이 어떤지 궁금해서 시험 삼아 물을 틀어봤다가 "허 참, 요새 누가 수압 봐요? 지금 세상에 물 잘 안 나오는 집이 어딨다고"라는 중개인의 비아냥을 들어야 했다. 그 후로 왠지 물을 틀어보는 데 소심해지고 말았다. 그 결과, 나는 지금 다른 집에서 세탁기를 돌리면 샤워하기 어려울 만큼 수압이 약한 집에 살고 있다….

반대로 가끔은 정말 고마운 분들을 만나기도 한다. 좋은 집을 보여줘서가 아니라 마음으로 대해준 분들이다. 호주에서 워킹홀리데이를 마치고 한국에서 지낼 집을 구하던 친구가 정말 괜찮은 집이 있었는데도 계약을 하지 않았다며 이런 이야기를 들려줬다.

"나는 솔직히 조건이나 집 상태가 너무 마음에 들었거든. 근데 같이 간 중개인 아저씨가 그런 얘길 하더라. 여긴 술집이랑 모텔이 너무 많아서 여자 혼자 살기에는 좀 그렇다고. 만약 자기 여동생이라면 절대 못 살게 할 거라고. 자기 계약 안 해도 좋으니까 조금 더 알아보라고. 한국 돌아와서 정신도 없고 집 구하는 것도 너무 지쳤었는데, 마음 한 구석이 따뜻해지더라고."

성북동에서 원룸을 보러 다닐 때였다. 조건은 괜찮아 보였는데 막상 가니 방이 예상한 것보다 너무 작았다. 침대만으로 방이 꽉 차 작은 책상 하나도 들어가기 버거워 보였다. 그런데 마침 거기 있던

집주인이 나에게 "여기 봐봐. 뷰가 정말 좋아"라며 손바닥만 한 창
문을 가리켰다. "아, 네~ 정말 멋있네요. 백만 불짜리 풍경이네요."
하고 얼른 돌아서 내려오는데, 같이 간 중개인이 눈을 흘기며 이렇
게 읊조렸다. "뷰 좋아하시네." 순간 웃음이 터지고 말았다. 그날도
집을 구하지는 못했지만, 그래도 괜찮았다.

밤에도
집을
구경해보세요

여성 1인 가구들이 집을 고를 때 가장 고민하는 건 아마 안전 문제일 것이다. 비용이나 교통 같은 어쩔 수 없는 조건 때문에 안전이 후순위로 밀릴 때면, 내가 돈 때문에 내 안전을 파는구나, 하는 서글픈 생각이 든다. 그래도 비슷한 선택지가 있다면 조금 더 밝고 안전해 보이는 집을 선택하려고 노력한다. 그게 내가 할 수 있는 전부다.

내 경우, 안전성을 판단할 때 의외로 도움이 됐던 게 밤에 혼자서 집을 찾아가보는 것이었다. 밤에 따로 시간을 내 집을 찾는다는 게 결코 쉽지 않지만 상당히 참고가 된다.

열여섯 번째 집이 될 뻔한 곳이 있었다. 지금 사는 곳에서 큰길로 나와 대각선 건너편에 있는 집이었다. 현재 살고 있는 집은 부엌에 방 하나인 분리형 원룸(편의상 1번 집이라 한다)인데, 그 집은 방이 두 개인 데다 내부도 연회색 강마루에 흰색 하이그로시 싱크대가 설치된 멀끔한 집(여긴 2번 집)이었다. 워낙 예스러운 것을 좋아하는 옛날 사람인 나는, 70년대 주방 찬장에나 쓸 법한 고색창연한 나무 창틀에 잔잔한 빗살무늬 간유리가 끼워진 1번 집에 쓸데없이 정이 갔다. 게다가 집 주변에 나무가 많은 것도 끌렸다. 하지만 2번 집의 매끄러움 역시 쉽게 잊을 수 없었다. 특히 방이 두 개인 것에 구미가 당겼다. 가족이나 친구들이 놀러 올 때면 침대를 드러내는 게 항상 싫었기 때문이다. 손님들도 방이 두 개면 편하게 자고 갈 수 있을 텐데. 지긋지긋한 원룸 생활을 청산하고 한 단계 도약하려면 무조건 2번 집이어야 했다.

끙끙거리며 고민을 하던 차에 오랜만에 친구와 만나 밤에 차를 한 잔 하게 됐다. 두 집 모두 찻집에서 멀지 않은 곳이라 친구의 조언을 구할 겸 함께 가보자고 청했다. 먼저 찾은 곳은 2번 집이었다. 중개인과 낮에 갔을 때는 바로 앞에 아파트와 초등학교가 있어 동네 분위기가 나쁘진 않아 보였다. 그런데 밤에 가보니 완전히 딴판이었다. 특히 근처 지하철역에서 올라가는 길이 너무 좁고 으슥했다. 집으로 가기 전에 가파른 계단이 있는데 가로등 불빛이 충분치 않아서 휴대폰 플래시를 켜고 걸어야 할 정도였다. 집 앞에 도착하자 이번에는 1층의 필로티 구조가 문제였다. 보통은 센서등을 설치해 불이 켜지도록 하는데 거긴 그런 게 없었다. 퇴근하고 돌아올 때마다 이 길을 혼자 걸어야 한다고 생각하니, 하이그로시니 강마루니 하는 것은 생각나지도 않았다.

발걸음을 돌려 이번에는 1번 집을 향했다. 마을버스가 다니는 작은 동네 도로에서 조금만 올라가면 되는 곳이었다. 인적이 드물고 어둡기는 했지만 으슥하다는 느낌까지는 들지 않았다. 며칠을 머리 싸매고 고민했는데 순식간에 아주 시원하게 해결됐다.

자신이 사는 집의 안전성이 미비하다고 생각되면 스스로 보완하는 것도 좋은 방법이다. 솔직히 안전성 강화에 큰 도움이 되진 않지만 심리적으론 나름 효과가 있다. '나는 나를 보호할 수 있다'는 일종의 자기 최면 같은 거다.

딱 한 번, 작은 삼촌이 이사를 도와주신 적이 있다. 시계 걸 못도 박고, 싱크대 선반도 달고, 전등도 바꾼 다음 삼촌은 동네 철물점에서 현관 문고리를 사다 바꿔주셨다. 비록 비밀번호를 찍고 들어가는 집이었지만. 비밀번호 패드 없이 열쇠를 이용하는 집이라면 이 방법도 분명 도움이 될 것이다. 요즘도 자기 필요할 때 문을 따고 들어오는 집주인이 있다고 하니 말이다. 나도 집수리차 방문한 건물 전담 수리 아저씨가 연락 대신 열쇠 꾸러미를 달그락거리며 우리 집 열쇠를 찾는 모습을 보고는 기함을 한 적이 있다. 현관 말고도 창문에 손쉽게 달 수 있는 보안장치도 있다. 창문과 창문 사이 이음매에 붙여두면 창문이 열릴 때 경고음을 내는 장치나 창틀에 끼워 창문이 잘 열리지 않도록 고정하는 것들인데, 대형마트에서 쉽게 살 수 있다.

얼마 전에 책《자존감 수업》을 읽다가 인상 깊었던 부분이 있었다. 자존감에는 세 가지 기본 축이 있는데, 그 세 가지 중 하나가 바로 '자기 안전감'이라는 사실이다. 자기 안전감은 자존감의 바탕이 된다. 안전감은 주로 트라우마나 애정결핍 등을 느끼지 않는 상태, 그러니까 심리적 안정을 의미한다. 만일 내가 먹고 자는 장소에서 알게 모르게 불안감을 느낀다면, 이 역시 자존감에 악영향을 미치지 않을까?

책을 읽고는 그길로 마트에 가서 각종 보안장치를 사왔다. 성능이 의심스러운 장난감 같은 제품들이었지만 여기저기 달아놓고 나니 확실히 마음이 안정되는 걸 느낄 수 있었다. 집주인과 협상해 방범창을 달아볼까, 세콤 이런 건 얼마나 하려나…, 이런 고민도 하는 중이다. 그러면서 새삼 알게 됐다. 나는 나를 위해 뭔가 해줄 수 있는 사람이란 거. '1인 가구력(力)'이 또 한 번 레벨 업 된 순간이다.

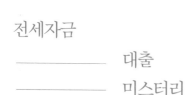

전세자금
─────── 대출
─────── 미스터리

"그럼 내일 계약할까요? 아, 그리고 저희 전세자금 대출을 조금 받으려고 해요."

"전세자금 대출이요? 그걸 왜 미리 얘기 안 해요. 그렇담 안 돼요."

"엇? 어째서죠?"

"나는요, 한평생 은행에서 대출을 받아본 적이 없는 그런 사람이라고요."

"아뇨, 대출은 저희가 받는 거고요. 집주인님은 은행에서 전화 오면 동의만 해주시면 돼요."

"그러니까, 나는 대출 같은 건 싫다니까!"

"……"

이 고구마 같은 상황은 실화다. 친한 언니와 오랜만에 만나 세입자의 설움을 나누다가, 언니가 "나는 이런 일도 있었어"라며 들려준 경험담이다. 이게 바로 내가 하려는 얘기다. 이른바 〈전세자금 대출 미스터리〉, 부제목은 '집주인 동의의 비밀'.

처음 전셋집을 구하러 다니던 초짜 시절, 전세자금 대출에 집주인 동의가 필요하다는 걸 알 턱이 없었다. 그렇게 해맑게 집을 알아보러 다니던 중 상암동 쪽에 마음에 드는 원룸을 발견했고, 계약 직전까지 갔다가 파투가 났다. 집주인이 전세자금 대출을 거부했기 때문이다. 그제야 전셋집을 구할 땐 대출 여부부터 물어봐야 한다는 걸 깨달았다.

일단 인지하고 나니 집주인 동의의 문제는 더욱 심각했다. 아파트는 전세자금 대출이 대부분 되는데, 원룸이나 투룸 전세를 구할 때는 평수나 보증금 같은 게 아니라, 전세자금 대출 여부를 먼저 물어봐야 할 지경이었다. 그나마 없는 전세 중에 대출이 되는 전세를 추려내자니 환장할 노릇이었다. 대출을 받는 사람도 나고, 갚는 사람도 난데 집주인이 동의하고 말고가 무슨 상관?

가만히 생각해보니 도무지 이해가 안 갔다. 부동산에도 물어보고, 인터넷도 열심히 찾아봤지만 어디에도 속 시원한 답은 없었다. 인터넷의 어떤 글에는 집주인 동의가 필요하다고 하고, 또 어떤 글에는 동의가 필요 없다고 했다. 심지어 은행의 대출상담사도 "뭐, 집주인한테 전화는 한 통화 하긴 하는데 형식적인 거예요"라고 얼버무리는 정도? 그러니까 그게 꼭 반드시 무조건 받아야 하는 거냐고!

물론 법적으로 동의가 필요하건 말건, 전세자금 대출을 받으려는 세입자는 집을 구하기에 앞서 반드시 대출이 가능한지 여부를 확인해야 한다. 왜냐면 집주인이 싫다고 하면 계약은 애초에 성사가 안 되니까. "난 개 키우는 사람은 안 받아요"라거나 "두 명은 안 돼요"라고 하면, 그게 정당하건 말건 간에 집을 못 구하는 것과 같은 이치다. 하지만 알고 싶었다. 그래서 금융계, 법조계 지인 찬스를 써서 대강의 전말을 알아냈다.

전세자금 대출에 동의를 안 해주는 경우는 크게 두 가지다.

첫 번째는 동의를 안 해주는 게 아니라 못 해주는 경우다. 그 집 자체가 대출이 안 될 가능성이 있다. 대부분의 은행은 전세자금 대출을 받을 때 집이 등기부등본상 '주택'일 것을 요구한다. 그런데 원룸 같은 작은 집들은 업무시설을 개조했거나 주택이라도 불법

개조를 한 경우가 많다. 이럴 경우 애초에 대출이 안 되기 때문에 그냥 "대출 안 돼요"라고 말해버리는 것이다. 핵심은 두 번째다. 대출 자격이 되는데도 순수하게 집주인이 대출을 거부하는 경우. 은행에서 전세자금 대출을 처리할 때에는 집주인에게 동의서를 받거나 전화로 동의를 구한다. 동의를 구하는 이유는 '채권 양도'라는 절차 때문이라고 한다. 이건 전세 기간이 다 끝나서 집주인이 전세금을 돌려줄 때, 세입자가 아니라 은행에 바로 돈을 돌려주도록 하는 약속이다. 약속을 한다고 해서 집을 담보로 잡거나 하는, 집주인에게 불리한 일은 벌어지지 않는다. 그렇다면 왜 집주인들은 그토록 동의를 안 해주는 걸까?

"은행에서 전화를 걸어 채권이니 양도니 하는 이야기를 하면 거부감을 느끼는 집주인들이 많아요. 연세가 많으신 분들은 혹시 내 집에 무슨 불리한 설정을 하는 것 아닐까 불안해하시기도 하고요. 그래도 요새는 잘 설명해드리면 이해하고 동의들 해주시는데. 아직도 계약 직전까지 갔다가 집주인의 대출 거절로 성사가 안 되는 걸 보면 좀 안타깝죠."

집을 구할 때마다 나를 스트레스받게 했던 전세자금 대출의 미스터리가 맥없이 풀렸다.

자신의 소유물을 빌려주면서 얼마든 원하는 조건을 내세울 수 있다고 생각한다. 하지만 전셋집들이 단지 '선입견' 하나로 대출을 거절한다면, 종잣돈이 없는 사회초년생이나 서민들은 높은 월세를 계속 부담할 수밖에 없다. 이렇게 중요한 문제가 오해 때문에 좌지우지된다는 게 합당한 일일까? 그 오해가 공기처럼 흔한 이유는 또 무엇 때문일까. 전세자금 대출, 정말이지 이해 안 되는 것투성이다.

어느 실버타운의
폭탄
돌리기

"와, 어떻게 이런 데 이런 집이 있지?"

지하철역에서 내려 큰길을 따라갈 때만 해도 별 감흥이 없었다. 즐비한 노점이며 검은 봉지를 몇 개씩 들고 길을 걷는 사람들로 동네는 소란스러웠다. 하지만 골목에 접어들자 한갓진 주택가가 눈앞에 펼쳐졌고, 예상치 못한 지점에서 짙푸른 녹음이 나타났다. 시골스러운 내 취향에 딱 맞는 풍경이었다.

동네가 뒷동산과 만나 끊어지는 바로 그곳에 내가 오늘 보기로 한 집이 있었다. 외관이 깨끗하고 고급스러워 보이는 연립주택이었다. 신이 나서 건물 안으로 뛰어들어갔다. 입구 계단을 오를 때마다 가을엔 단풍이 예쁘겠지, 친구들 초대해서 베란다에서 고기 구워 먹어야지, 하는 생각이 퐁퐁 솟아올랐다.

"야… 근데 여기 분위기 좀 이상하지 않아?"

하지만 건물 1층으로 들어서자마자 기이한 풍경이 펼쳐졌다. 보통 연립주택이라면 101호, 102호 이런 게 있어야 할 자리에 텅 빈 안내 데스크와 불 꺼진 식당, 매점 같은 게 흔적만 남아 있었던 것. 복도에 굴러다니는 휠체어 몇 대가 을씨년스러움을 더했다. 돌아갈까 잠깐 생각했지만 고개를 저었다. 그래도 여기까지 왔는데 대체 어떤 꼴의 집인지 보기나 하자

"계세요?"

"네, 잠시만요."

30대 초반쯤 돼 보이는 여자가 문을 열어줬다. 집 내부는 암울했던 1층과 달리 정말 으리으리했다. 방이 세 개에 넓은 거실, 녹음이 한눈에 들어오는 베란다, 게다가 디귿자형 주방에 깨끗한 화장실까지. 그런데도 보증금은 이상하리만치 저렴했다. 관리비가 월세 수준으로 비싸긴 했지만.

"저기요, 1층 보니까 그냥 집은 아닌 것 같던데… 혹시 여긴 원래 뭐였어요?

예상치 못한 답이 돌아왔다.

"아… 실버타운이요."

그랬다. 그곳은 병원이 아니라 망한 실버타운이었다. 건설업자들이 대출을 잔뜩 받아 지었지만 생각보다 잘 팔리지 않았거나, 아니면 사기꾼이 투자자들의 돈을 가지고 공사 중간에 날랐거나. 자세한 사정은 알 수 없지만, 아무튼 이 실버타운은 원래의 계획이 어긋나자 일반 세입자를 허겁지겁 받았던 것 같다. 월세 수준에 맞먹는 관리비도 아마 실제 관리비 용도가 아니라 현금 융통을 위한 조치였을 것이다. 그런 집이니 당연히 보증금을 돌려받을 수 있을지 장담할 수 없을 터였다. 새로운 세입자가 들어와 보증금을 줘야만 기존 세입자가 보증금을 빼서 나갈 수 있는 상황인 것이다. 내가 있을 땐 별일 없기를, 하는 마음으로 다음 세입자에게 '보증금 폭탄 돌리기'를 하고 있던 거다.

정말 바보 같지만, 솔직히 그때까지만 해도 마음이 조금 흔들렸다. 이만한 집을 이 가격에 만나는 건 영원히 없을 기회였다. 그 집보다 먼저 보았던 누추한 집들이 머릿속을 스쳐 지나갔다. 창문 밖으로 보였던 숲도 계속 아른거렸다. 그때, 함께 간 친구가 어깨를 툭 쳤다.

"집순, 여기 정말 안 되겠다."

친구가 가리킨 엘리베이터 벽면에는 관리비가 수십만 원씩 밀린 가구 리스트가 빼곡하게 적혀 있었다. 마음을 비우고 확인 사살 차원에서 동네 부동산에 들렀다.

"저기 저 집이요. 혹시 중개 안 하세요?"

"안 해요."

"왜요? 집 좋던데."

"위험해서요."

단순 비교는 어렵겠지만 신축 원룸이나 오피스텔 중에도 이 실버타운처럼 위태로워 보이는 것들이 많다. 실제로 어떤 중개업자가 등기부에 빚이 잔뜩 낀 신축 원룸을 소개하면서 "새 집이라 빚은 많은데 임대인 다 들어오면 금방 해결될 일"이라고 회유하는 걸 거절한 적이 있다. 업자들은 빚을 내 집을 짓고, 세입자들은 빚을 내 그 집에 들어간다. 다들 그렇게 산다고는 하지만 어느 한쪽이 빚을 제대로 갚지 못하면, 최악의 경우는 꼬리에 꼬리를 물고 폭탄이 터진다. 그때는 중개인도, 집주인도, 그 누구도 책임져주지 않는다. 그런데도 그 실버타운에는 젊은 사람들의 흔적이 곳곳에 가득했다. 안타까운 일이다.

대출

포비아

갑자기 회사 사정이 어려워져 월급이 한 달 밀리게 된 주인공. 시시각각 다가오는 대출 상환일 때문에 그의 속은 바짝바짝 타들어 간다. 자존심을 버리고 친구, 동료, 일가친척들에게 도움을 요청하지만 그들도 주인공과 마찬가지로 하나같이 돈이 없다. 속수무책으로 대출 상환일을 넘겨버린 다음날, 피도 눈물도 없을 것 같은 건조한 목소리의 은행원이 "당신은 오늘부터 신용불량자입니다. 통장 거래와 카드 사용이 금지됩니다"라고 통보한다. 내 인생은 이제 끝이야. 터덜터덜 걸어(카드가 막혀 버스를 못 탄다) 집에 도착하니 용

문신을 한 깡패들이 드러누워 있다. 응? 난 분명 은행에서 돈을 빌렸는데…. 하지만 그들은 이렇게 말한다. "돈을 빌려갔으면 갚아야지, 이 사람아. 우리는 뭐 땅 파서 장사해? 어?" 궁지에 몰린 주인공은 깡패들이 잠깐 해장국을 먹으러 간 사이, 황급히 야반도주를 한다. 내딛는 걸음걸음 뜨거운 눈물을 뿌리면서….

과장을 좀 보태긴 했지만, 얼마 전까지만 해도 나에게 빚은 대략 이런 이미지였다. 스스로를 '대출 포비아'라고 불렀을 정도로 빚은 내게 생소하고 무서운 것이었다. 빚 다음에 통상 오는 단어들도 너무 무섭지 않나? 빚쟁이, 빚 독촉, 빚더미…. 끼리끼리 논다고, 내 주변엔 나 같은 대출 포비아가 한둘이 아니다. 다달이 나가는 월세 걱정을 하면서도 전세자금 대출을 받으라고 하면 다들 눈이 휘둥그래진다.

"그러다 큰일 나면…?"

"무슨 큰일?"

"큰일…"

순전히 추측이지만, 나는 나와 내 또래가 겪는 대출 포비아의 근원, 그게 IMF와 맞닿아 있는 건 아닐까 생각한다. 외환위기 당시 나는 열 살이었다. 혹시 아는지. 열 살은 어른들이 생각하는 것보다 훨씬 많은 것을 알고 이해하는 나이라는걸.

TV만 켜면 무서운 음악과 함께 한강 다리를 배경으로 양복을 입은 아저씨들의 자살 소식이 들려왔다. 거액의 빚이나 대출, 파산이나 도산 같은 단어가 끊임없이 이어졌다. 대체 어디서부터 뭐가 잘못된 건지 지금도 잘 모르겠지만, 어린이가 빚에 대한 경미한 트라우마를 갖기엔 충분하지 않나?

물론 그 정도의 트라우마는 현실의 팍팍함을 이기지 못한다. 나는 어느새 수천만 원의 전세자금 대출을 두 번이나 받았고, 엄마를 대리해 주택담보대출을 진행했으며, 이사할 돈이 없어 마이너스통장까지 뚫은 프로 대출러가 됐다. 이제는 "가계빚 사상 첫 1,400조 원 육박" 이런 제목의 기사를 보면 음, 나 혼자만은 아니로군, 하는 실없는 생각을 하기도 한다.

돌이켜보면, 막연하게 빚이 두려워 빨리 전세로 갈아타지 못한 게 후회스럽다. 적은 월급으로 돈을 모으려면 결국엔 지출을 줄이는 길뿐이다. 한 달에 수십만 원 하는 월세를 부담하면서는 목돈을 모을 수가 없다. 나는 월급을 받기 시작하고 나서도 3년 가까이를 월셋집에서 살았다. 당시 월 35만 원은, 다른 곳에 비해서는 싼 편이지만, 부담은 부담이었다. 월 35만 원이면 1년에 420만 원, 3년이면 무려 1,260만 원이다. 그 큰돈이 허공으로 날아간 셈이다. 지금은 전세자금 대출을 받아 그전보다 더 나은 환경에서 살면서 월 대출이자로 약 11만 원을 낸다. 전세자금 대출은 원금을 굳이 갚을 필요 없이 이자만 내다가 전세계약이 끝날 때 소멸시킬 수도 있고, 원한다면 저금하는 셈 치고 중간중간 원금을 갚을 수도 있다.

자금이 부족해 전세로 가기 어렵다면 보증금이라도 높여 월세를 줄이기를 권한다. 빚을 남용하는 건 당연히 안 되지만 빚을 지혜롭게 사용하는 방법도 알아야 지금 이 시대를 살아갈 수 있다. 혹시, 단지 돈을 빌리는 게 거부감이 들고 무서워서라면, 1년에 들어가는 월세와 대출금리(대출금리 계산기를 검색해 원금과 기간, 이자 등을 입력하면 된다. 금리는 최근 나온 주택담보대출 기사를 검색해 적어 넣는다. 신용에 따라 금리가 달라지지만, 대략적인 수준은 파악할 수 있다)를 비교해보기 바란다. 눈으로 숫자를 확인하면 두려움이 조금은 누그러질 수도 있으니까.

전세자금 대출을 받는다고 해도 전체 보증금의 30퍼센트는 있어야 한다. 대출이 전세금의 70퍼센트까지만 되기 때문이다. 전세자금 대출도 어느 정도는 돈이 있어야 받을 수 있는 것이다. 주변에는 이 30퍼센트가 없어 전세로 옮기지 못하고 장기 월세 생활을 하는 사람들이 많다. 돈이 더 없는데도 더 비싼 돈을 내고 살아야 하는 것이다. 반대로 돈이 더 많으면 저렴한 집에 살면서 더 빨리 돈을 모은다. 돈이 돈을 번다는 게 이런 건가 싶다.

은행

문턱

대부분의 상황에서 사람을 주눅 들게 만드는 것은 다른 외부 요건이 아니라 자기 자신일 때가 많다. 알고 있다. 알고는 있지만…. 사실 대출도 쇼핑과 다를 바 없다. 필요한 물건(돈)을 대가(이자)를 지불하고 가져오는 것이니까. 나중에 돌려줘야 한다는 점에선 자동차 렌트와도 비슷하다. 그런데 사람들은 평소에 돈을 쓸 땐 "내 돈 내가 쓴다는데, 뭐!"라고 당당하게 말하면서, 정작 은행에만 가면 필요 이상으로 떳떳하지 못한 심정이 된다.

처음 전세자금 대출을 알아보러 은행에 갔을 때다. 근무시간을 뺄 수 없어 점심을 굶은 채 은행에 갔다. 대학 때 학생증을 만들면서 거래를 터 지금까지 사용하는 주거래은행의 지점. 앳되고 친절한 은행원이 나를 반겼다. 그런데 대출상품만 간단히 소개해줄 뿐 정작 내가 궁금했던 대출 가능 여부나 한도는 알 수 없다고 했다.

"대출 가능 여부는 근로소득원천징수영수증이 있어야 가능하세요."

"대략적이라도 알 수 없나요? 연 소득은 이 정돈데."

"죄송합니다, 고객님. 영수증이 있으셔야 확인이 가능해요."

누구나 한 번쯤 은행에서 겪었을 평범한 대화였는데 왠지 모르게 땀이 났다. 은행원은 분명 웃으면서 이야기하는데 묘하게 나를 밀어내는 것 같은 그 기분. 내 근무 연수와 연봉, 지금까지 모은 알량한 돈과 내가 이사하려고 하는 집의 가격을 말하고 나니, 더 이상할 말도 없었다. 네 개뿐이구나. 숫자 네 개면 내가 다 설명되는구나. 그날따라 내가 참 없어 보였다. 빈속이 쓰렸다.

재작년, 엄마가 이사를 할 때 나는 마이너스통장을 뚫었다. 엄마와 내가 모은 돈을 싹싹 긁어모으고 주택담보대출을 최대한도로 받으니 집값은 어찌어찌 해결이 됐다. 그런데 이삿짐 트럭을 부를 돈이, 20년이 넘은 낡은 아파트에 벽지 바를 여력이 없었다. 이번에도 주거래은행을 먼저 찾았다. 그들이 내게 내민 것은 서민을 위한 정책자금대출이었다. 그 대출의 금리가 6~7퍼센트 했던 것 같다. 서민을 위한 대출이라며? 주택담보대출이 2~3퍼센트, 예금금리가 1~2퍼센트로 주저앉은 시점이었다. 은행원은 여전히 친절하게 웃고 있었다.

전에는 분명 이렇게 생각했다. '돈이 없는 사람들은 아무래도 연체 비율이 높으니까. 리스크가 크니 대출 금리가 높을 수밖에 없지. 냉정한 소리지만 은행도 땅 파서 장사하는 건 아니잖아. 어려운 사람을 위해서는 대출이 아니라 금융 복지를 확충해야 해.' 하지만 은행을 나왔을 땐 이 말 밖엔 나오지 않았다. "날강도 같은 놈들. 천하의 나쁜 놈들!"

씩씩거리며 나오니 통장조차 없는 다른 은행 지점이 바로 옆에 있었다. 홧김에 문을 열고 들어가 상담을 했는데, 마이너스통장을 그 자리에서 개설해줬다. 금리가 아주 낮은 건 아니었지만 최소한 6~7퍼센트보다는 낮았다. 그 이후론 대출을 받으려는 주변 사람들에게 항상 조언한다. "주거래은행 믿지 마. 은행들도 자기네 자금 상황에 따라서 대출을 조이거나 풀거든. 그러니까 다른 은행도 꼭 가봐. 겁내지 말고."

엄마에게도 은행은 너무나 먼 곳이었다. 멀쩡히 직장을 다녔으면서 은행이 자신에게 돈을 빌려줄까, 의구심을 가졌다. 하긴 돈을 빌리려면 무조건 연대보증을 요구하던 시절이었다. 나는 쉬지 않고 자랐고 이따금 아팠다. 돈 들어갈 곳은 천지에 널려 있었다. 엄마는 카드 빚을, 보험약관대출을 받았다. 오직 은행에서만 대출을 받지 않았다. 그 덕분에 나는 학비 한 번 밀리지 않고, 남들 하는 거 다 하면서 학창 시절을 보낼 수 있었다. 수많은 대출과 이자를, 다시 카드 빚으로 돌려 막기를 할지언정 엄마는 단 한 번도 연체하지 않았다. 그 징그러운 빚이 정리된 게 고작 몇 년 전이다. 빚이 청산될 즈음, 처음으로 엄마와 단둘이 제주도 여행을 갔다. 안개가 자욱해 창밖이 온통 하얗던 제주도의 어느 카페에서, 엄마는 커피를 마시다 말고 뜬금없이 눈물을 흘렸다. "그동안 낸 이자를 계산해봤더니 원금이랑 똑같더라고. 근데 그땐 원금을 갚을 여력이 1원 한 장도 없었어."

그런 트라우마를 갖고 있는 엄마가 어느 날 내게 전화를 걸어왔다. 빚을 내 광주에 집을 사서 이사하려고 준비하던 때였다. 나는 원리금 분할상환 조건으로 저렴한 고정금리를 제공하는, 주택금융공사의 주택담보대출 상품을 알아냈고, 엄마에게 공인인증서를 만들어두라고 얘기했다.

"공인인증서는 잘 만들었어?"

"응, 만들었어. 근데…"

"왜, 뭔 일 있었어?"

"은행원이… 짜증을 내더라. 내가 잘 모르고… 그러니까."

엄마가 흐느끼기 시작했다.

"뭐 이렇게 불친절하냐고 큰소리라도 치지 그랬어. 그 직원 진짜 이상하네. 나쁜 년이네, 아주."

은행 문턱이 뭐길래. 은행 문턱이 뭐라고. 그 후, 몇 달이 지났다.

"집순아, 국세청에서 뭐가 날아왔더라?"

"뭔데?"

"재산세."

엄마가 난생처음 받아보는 재산세 통지서였다.

"이제 뭐, 집주인이잖아."

"집주인? 재산세는 은행에서 내야 되는 거 아니냐? 은행 빚이 70퍼센트인데? 은행이고 국세청이고 이것들 해도 해도 너무한 거 아니야? 어?"

그래도 이번엔 웃음기가 섞인 목소리였다.

윗집에
신이
산다

우리 윗집엔 신이 산다. 조물주보다 더 윗길을 걸으신다는 그분, 바로 집주인님이다. 은빛 머리칼에 안정감을 주는 아담한 키, 상대의 심장까지 꿰뚫을 듯한 부릅뜬 눈… 집주인 아저씨는 용모만큼이나 신다운 지엄한 태도를 지니고 있다. 장판이 울렁울렁 울어도, 벽지가 너덜너덜해져도 아저씨의 "안 돼!" 한 마디면 모든 것이 잠잠해진다. 또한 그는 제우스에 비견될 만한 천둥 같은 목소리의 소유자다. 왜 관리비를 안 내냐고 호통을 치실 땐 세상 만물이 사시나무 떨듯 했다. 물론 그는 온화함도 갖춘 완벽한 분이다. 내가 "관리비 이미 냈어요, 아저씨. 확인 좀 제대로 하세요!"라고 목소리를 높이면, 그는 세상 어느 누구보다 달콤하고 보드라운 목소리로 "아, 그랬어요?"라고 금세 화답하신다.

뿐만 아니다. 때때로 다정함과 세심함이 가득한 문자 메시지로 (비록 맞춤법은 늘 틀렸지만)인간들의 지친 마음을 어루만져주신다. 예를 들어, "안녕들 하시지요. 지난번에 협조해주셔서 감사합니다", "변기 옆 밸부를 항상 잠거주세요" 같은 것들이다.

하지만 인간에게 신은 언제까지나 경외의 대상일 수밖에 없다. 나는 감히 그분의 따님을 분노케 한 적이 있다. 전 세대의 현관문을 청록색으로 칠한다는 그녀의 서릿발 같은 방침에 내가 반기를 들고 흰색을 유지하겠다고 했기 때문이다. 그 아버지에 그 딸 아니랄까봐, 그녀는 쩌렁쩌렁한 목소리로 "다 칠하는데 어떻게 여기만 안 해요. 할 때 다 해야지!"라고 폭풍처럼 나를 꾸짖었다. 그녀의 노여움은, 옆에서 보다 못한 페인트공 아저씨가 "아유, 요샌 현관문도 다 인테리어의 일환인데 집 안쪽 문까지 청록색으로 칠하면 방이 시커매 보여서 못써요"라고 간청한 후에야 가까스로 풀어졌다.

그저 자격지심인 걸까? 집주인들은 언제나 목소리가 컸던 것 같다. 고래고래 고함을 지르지 않아도 그들의 목소리는 항상 선명하고 똑발랐다. 반면, 나는 세입자로 산 10여 년째 전화기에 '집주인'

세 글자만 떠도 얼굴이 굳고 심장이 뛴다. 현관문을 열다가도 집주인네 목소리, 발소리가 들리면 문고리를 잡은 채 그들이 지나갈 때까지 잠시 서 있곤 한다. 그러다 요즘은 이런 생각이 든다.

아니지, 내가 왜? 난 돈을 지불하고 정당하게 이 공간을 빌린 사람이야. 집주인이 은혜를 베풀어서 공짜로 여기 살고 있는 게 아니라고. 집주인에게 나는 고객님이다! 고객님은 왕이라고! 단, 보증금을 볼모로 잡혀서 그렇지….

얼마 전, 지방에 사는 동생한테 연락이 왔다. 급전이 필요한데 제2금융권 대출을 받아도 괜찮으냐고 물어왔다. 장기전세주택에 당첨돼 보증금을 내야 하는데 현재 살고 있는 집주인이 보증금을 못 준다고 했단다. 이사를 가든 말든 다음 세입자가 들어와야 돈을 주겠다고 으름장을 놨다는 것. 세입자들에겐 바닷가 모래알처럼 흔한 일이다. 그런데 이 집주인은 거기에 한 발짝 더 나아가 2년 계약이 만료되고 나가는데도 동생더러 부동산에 집을 내놓고 복비까지 부담하라고 요구했다.

가만히 있을 동생이 아니었다. 동생은 어디에서 주워들은 풍월로 '내용증명'을 보내겠다고 집주인에게 엄포를 놓았다. 내용증명이란 이러저러한 배경으로 내 돈을 돌려줄 것을 모월 모시에 요구함을 공식화하는 절차이다. 이걸 보낸다고 집주인이 당장 돈을 뱉어야 하는 것도 아니지만, 그래도 그 내용증명이라는 말이 어찌나 신통방통한지 집주인은 금세 태도를 바꿨다. "맘대로 하세요!"라며 전화를 끊었다던 그는, 전에 없이 정중한 태도로 다시 전화를 걸어와 "지난번엔 제가 실례가 많았어요. ○○에서 일하시죠? 저도 그 바닥에 있던 사람이에요. 나와서 사업 좀 해보려고 했더니 그게 실패해서… 어쩌면 세입자들보다 제가 더 돈이 없을 수도 있어요"라고 뜬금없는 신세타령을 했다고 한다.

이런 일로 골머리를 앓고 있을 때면 누군가는 쉬운 위로를 건네기도 한다.

"이사할 때 확정일자 받았지? 그럼 세입자가 선순위니까 소송해도 100퍼센트 네가 이겨."

글쎄, 소송에도 시간과 돈이 필요하다. 그걸 감당할 수 있는 세입자가 얼마나 될까? 그 사이 떠날 수도, 머무를 수도 없는 세입자들의 삶은 형편없이 엉클어지고 만다. 밖에서 아무리 힘들고 어려운 일이 있다 해도 평범한 일상이 계속된다면 누구나 어느 정도는 버틸 수 있다. 하지만 일상이 무너졌을 때 이를 견뎌낼 수 있는 사람은 아마 단 한 명도 없을 것이다. 7개월 후면 나도 열여섯 번째 집에서 만 2년을 맞이한다. 부디 윗집 신과 아름다운 이별을 할 수 있기를.

알아두면 쓸데없는
──────── 1인 가구
──────── 잡학사전

그래도 한 번은 도움이 될 사소한 팁들을 정리해봤다. 솔직히 좋게 말해 팁이지 그동안 해왔던 숱한 내 삽질의 결과물들이다.

−소액미청구, 대체 뭐냐, 넌?

나는 공과금 고지서 읽는 걸 좋아한다. 내가 거주하는 지역 대비, 지난달과 지난해 대비 내가 얼마나 에너지를 사용했는지 알 수 있기 때문이다. 지역 평균 사용량보다 내가 훨씬 적은 양을 사용했을 때에는 알 수 없는 희열마저 느낀다. 그런데 한번은 고지서를 보다 이상한 항목이 눈에 띄었다. '소액미청구'라는 요상한 이름이었다. 소액미청구? 요금이 너무 소액이면 안 받는다는 건가? 부푼 마음으로 인터넷을 검색해보니 안 받는 건 아니었다. 그건 바로 다음 달에 합산 청구하는 것이었다! 청구 금액이 월 2천 원이 안 될 경우 청구를 보류하고 짝수 월에 합산해 청구한단다. 분명 날마다 집에 들어왔는데 전기를 2천 원어치도 안 썼다니(물론 국가에서 요금 일부를 깎아주긴 하니까 엄밀히 말하면 2천 원어치만 쓴 건 아니지만) 이쯤 되면 절약의 범주를 벗어난 것 같기도 하다. 그래도 많이 나온 것보단 낫지 뭐.

-TV 없는 집에 날아온 TV 수신료

처음 독립했을 때 가장 힘든 게 무엇이라고 생각하는지? 내 경우엔 TV의 부재가 예상외의 복병이었다. 하숙집이나 고시원엔 책상과 침대, 잘 해서 미니 냉장고까진 있어도 TV는 많지 않다. 방 안에 홀로 앉아 있을 때 느끼는 그 숨막힐 것 같은 적막함, 그중 몇 번쯤은 분명 향수병이나 외로움 때문이었을 거다. 하지만 만일 TV가 있었더라면 그런 기분은 훨씬 덜했을 거라고 단언한다.

그렇게 고대한 TV를 갖게 된 건 열네번 째 집에서였다. 후배가 나에게 버린(?) 뒤통수가 두꺼운 TV였는데, 그 요물이 들어온 이후로 집 밖에 나가는 시간이 현저하게 줄어들었다. 나중엔 내 자신이 무서워져서 TV를 없앴다. 하지만 후유증은 상당했다. 특히 2016년 말 방영한 드라마 〈도깨비〉가 가장 큰 고비였다.(인터넷으로 찾아볼 만큼 부지런하진 않기에…) 허벅지를 찌르며 TV 구매를 참고 있는데, 전기 고지서를 읽다가 청천벽력 같은 단어를 발견했다. 'TV 수신료'였다. 수신료라니! 금액은 얼마 안 됐지만 TV라는 두 글자에 눈에 불이 번쩍하는 것 같았다. 당장 아래 적힌 번호로 전화를 했다. 상담원은 내가 TV가 있으면서도 수신료를 안 내려 하는 것은 아닌지 수차례 확인했고, 앞으로도 정말 TV를 살 계획이 없는지 캐물었다. 압박 취조에 지쳐갈 때쯤 상담원은 다행히도 수신료를 청구하지 않겠다고 했다. 이미 낸 수신료는 돌려줄 수 없다는 말과 함께.

-번호 키 배터리가 나갔는데 집 밖이라면

'띠릭-' 하는 소리가 나야 할 번호 키에서 흥겨운 음악이 울려 퍼졌다. 건전지가 닳아간다는 증거다. 내일 퇴근할 때 잊지 말자, 하루 정도는 버티겠지, 해놓고 예상대로 건전지 사는 걸 번번이 까먹었다. 그날도 문을 열 때서야 건전지 생각이 났다. 어쩔 수 없지, 하고 번호 키를 누르는데, 어랏? 번호가 눌러지다 말고 키패드 불이 꺼졌다. 배터리가 아예 나간 것이다. 정말 오랜만에 집에 누군가 있

었으면, 하는 생각을 했다. 어쩐다? 번호 키에 더덕더덕 붙은 열쇳
집 전화번호에 먼저 눈이 갔다. 하지만 이내 정신줄을 붙잡고 침착
하게 인터넷을 검색했다. 역시 방법이 있었다! 해답은 번호 키 키패
드 바로 위에 있는 두 개의 은색 점이었다. 편의점에서 직사각형 형
태로 상단에 작은 너트 같은 금속이 나란히 붙어 있는 '9볼트 건전
지'를 사다가, 이 두 개의 은색 점에 갖다 대면 순간적으로 불이 들
어온다. 그저 장식인 줄 알았는데 엄청 중요한 미션을 띠고 있었던
것. 내 게으름과 건망증 덕분에 이렇게 누군가는 평생 알 필요 없는
노하우를 하나 더 얻었다.

-찬물은 콸콸, 온수는 쫄쫄?

우리 집안의 두 맥가이버 가운데 한 분인 작은 삼촌(다른 한 사람
은 큰 삼촌)이 전수해준 팁이다. 찬물이냐 더운물이냐에 따라 수압이
달라지는 집이 있다. 구조적 결함이라고 생각하기 쉽지만, 실은 밸
브 조임이 달라서일 수도 있다. 수도꼭지가 벽에 연결된 부분을 보
자. 두 갈래로 나뉠 것이다.(그저 벽에 잘 고정하기 위해 양 갈래로 만들었
다고만 생각했던 1인) 온수 나오는 쪽에 위치한 것이 온수 밸브, 그 반
대가 냉수 밸브다. 수압이 낮은 온도 쪽의, 커다란 나사처럼 생긴
것을 드라이버로 살살 풀어주면 물이 더 많이 나온다. 근데 삼촌들

은 어떻게 이런 걸 다 알고 있을까?

-향초보다 강력한 한 방

토요일 오전, 늘어지게 잠을 자고 있는데 전화벨이 울렸다. "오늘 책장 수거하러 갑니다." 맞다, 오늘 책장 버리는 날이었지. 아무렇게나 옷을 걸치고 집을 대강 정리하는데, 집에서 어제 먹은 음식 냄새가 디퓨저 향과 결합해 괴이한 냄새가 났다. 그래도 내가 사회적 지위(?)와 체면(?)이 있는데 말야. 아저씨들이 아무리 잠깐 들른다 해도 이건 예의가 아니지. 페브리즈보다 빠르고 향초보다 강력한 한 방이 필요했다. 그때 생각난 게 찬장에 있던 드립백 커피였다. 맛은 되게 없지만 향만큼은 그 어떤 로스터리 카페 못지않은 드립백! 드립백에 물을 몇 차례 부었을 때 기다렸다는 듯 수거 아저씨들이 집에 도착했다. 그들이 집에 발을 들이며 한 첫 마디. "커피 방금 내리셨나보다. 향 정말 좋네요!"

-분위기 있는 집들이를 원한다면

"집순아, 너 우리 재우려고 초대한 거야?" 집을 방문한 손님이 멈칫하며 물었다. 그도 그럴 것이 스탠드 두 개와 트리가 이 집에 켜진 조명의 전부였기 때문이다. 그렇다고 하얗다 못해 시퍼런 형광

등을 켤 순 없다. 아무렴, 그렇고말고. 지금은 차가운 도시 여자의 감성 넘치는 다락방 분위기지만, 형광등을 켜는 순간 생활감이 넘쳐흐르는 자취방이 될 테니까. 처음엔 당황하던 손님들도 이내 어둠에 눈이 익어 휴대폰으로 트리나 와인잔을 찍으며 분위기를 만끽하기 시작할 것이다. 술에 취해 얼굴이 발그레해져도 노란 조명은 훌륭한 보정 효과를 내기에 인물 사진에도 효과적이다. 그러니 인테리어 금손이나 집 정리의 달인이 아니라면, 당장 형광등을 끄고 노란빛 조명을 켜기 바란다. 근데 그땐 내가 생각하기에도 좀 어둡긴 했다. 천장 등을 아예 노란빛 조명으로 바꿔 달아볼까.

-LED 조명을 살 땐 굴욕 주의

이사한 친구가 낡은 전등을 바꿔 달고 싶다고 해서 무려 을지로 조명 거리를 갔다. 환경도, 돈도 사랑하는 우리는 전기 사용량을 획기적으로 줄일 수 있다는 LED 조명을 구매했다. 지하철을 타고 한 시간여 떨어진 친구 집에 도착해 방에 등을 달려고 했더니, 아뿔싸! 전등 커버만 있고 전구가 없는 것 아닌가. 동그란 것도, 기다란 것도, 아무것도 없었다! 그저 스티커 같은 것이 다닥다닥 붙어 있을 뿐. 어쩐지 너무 싸다 했다. 그래도 전등에 전구가 빠지다니 이건 너무하잖아! 나는 한쪽 허리에 손을 척 얹고 단호한 표정으로 조명

가게에 전화를 걸었다.

"아저씨, 좀 전에 매장에서 전등 산 사람인데요. 아니, 전구를 안 넣어주시면 어떡해요."

"네? 전구가요?"

"네에, 전구요!"

"저… LED 조명 사지 않으셨나요?"

"LED 샀죠."

"그으… 혹시 작은 스티커 같은 거 보이세요? 그게 전구예요."

"아… 하하하! 죄송합니다아…."

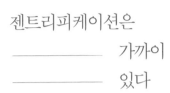

젠트리피케이션은

———— 가까이

———— 있다

"왜 그런 거야! '인터넷 사람들'을 이 동네에 들이면 안 돼!"

"그걸로 돈 벌어서 망토 사려고 그랬어요."

"그 사람들 완전 힙스터야. 여기가 고급진 동네가 될 거라고.

"어쩔 수 없어요. 오늘 오기로 했거든요."

"언젠가 자기도 늙어서 세상이 변치 않길 바라며 과거를 붙잡고

살겠지. 그때 가서 후회하지 마. 사랑하는 걸 지키기엔 너무 늦

었다는걸!"

　　　　　　　　　　　　　-〈언브레이커블 키미 슈미트〉 중에서

내가 본 거의 유일한 미국 드라마 〈언브레이커블 키미 슈미트〉는 사이비 종교 집단에 납치되어 벙커에 갇힌, 주인공 키미 슈미트가 15년 만에 구조되면서 달라진 세상에 적응하는 이야기를 담은 시트콤이다.

드라마에서 내가 가장 애정하는 캐릭터는 키미가 사는 허름한 집의 집주인 릴리안이다. 히피 스타일 머리와 치렁치렁한 옷이 트레이드마크인 그녀는, 수틀리면 누구라도 총으로 쏠 수 있고 틈틈이 마약까지 즐긴다. 세상 무서울 것 없는 릴리안의 유일한 걱정은 바로 동네가 재개발돼 쫓겨나는 것. 그래서 동네가 발전하는 것이라면 기를 쓰고 방해한다. 골목에서 초고속인터넷 케이블을 설치하는 기사를 발견하면 "안 돼요. 우리 동네에 이런 짓을!" 하고 기겁하며 말리는 식이다. 그런데 키미의 룸메이트인 타이투스가 상의도 없이 에어비앤비에 집을 내놨다. 설상가상으로 첫 손님은 이 동네에 스니커즈 숍을 열려는 힙스터 부부, 밥과 수다. 텍사스 오스틴(미국의 힙스터 동네 중 하나)에서 온 이들은 힙스터의 전형이다. 스니커즈 디자이너인 밥은 콧수염을 기르고 조그만 페도라를 쓴다. 인디 음악을 한다는 수는 빈티지 폴라로이드를 들고 다니며 뜬금없이 "나마스떼"라고 인사한다. 릴리안은 이들에게 동네의 험악한 모습을 보여 쫓아내려고 하지만, 그럴수록 밥과 수는 동네의 야생적 매력(?)에 깊이 빠져들고 만다. 그런데 아이러니하게도 힙스터로 변장한 타이투스가 근처에 다른 힙한 스니커즈 숍이 이미 영업 중이란 이야기를 흘리자, 이대로라면 애들을 사립학교에 보낼 수 없다며 곧바로 동네를 떠난다.

 몇 년 전부터 젠트리피케이션(gentrification)이라는 말이 회자되고 있다. 젠트리피케이션이란 낙후된 구도심에 중산층 이상의 사람들이 몰리면서 임대료가 오르고 원주민이 내몰리는 현상이다. 영국의 사회학자 루스 글래스가 젠트리피케이션을 언급한 1964년 무렵만 해도, 이 단어는 긍정적인 의미였다. 낙후된 지역에 새로운 사람과 자본이 유입되면서 다시 활성화되는 것에 초점이 맞춰졌기 때문이다. 그래서 '도시회춘화현상'이라고도 불렀다. 하지만 지금은 부정적인 의미가 더 강하다. 기존에 살던 서민이나 자영업자들이 외곽으로 밀려나는 '이면'에 주목했기 때문이다. 임대료가 오를수록 이를 부담할 수 있는 대형 프랜차이즈나 고가의 브랜드들이 입점하게 되고, 결국 거리는 고유한 매력을 잃는다. 우리가 이름을 아는 대부분의 번화가나 아파트촌이 이런 과정을 거쳤다.

 사실, 이런 뉴스를 보면서도 젠트리피케이션은 나와 거리 먼 얘기라고 생각했다. 도심이나 상점가도 아닌 평범한 빌라촌에 무슨 젠트리피케이션씩이나. 그런데 얼마 전부터 스멀스멀 불길한 예감이 들고 있다. 도로에서 집까지 올라오는 길에는 우리 건물을 포함해 총 열 채의 주택이 일렬로 늘어서 있다. 그런데 얼마 전부터 이집들이 하나씩 재건축되는 게 아닌가. 도로에서 가까운 첫 번째 건물이 1층에 카페를 품은 매끈한 건물로 바뀌자, 그 옆의 건물도 모던한 외장재를 두른 새 집으로 재건축됐다. 그 사이에 있던 1층짜리 한옥 한 채는 숙박 공유를 위한 집으로 리모델링됐다. 1년 반 동안 이런 방식으로 네 채가 재건축을 선택했다. 마치 여고괴담의 그 유명한 복도씬 같군. 공사장이 우리 집 쪽으로 한 칸씩 올라오는 모습을 보며 그런 생각을 했다. 재건축 빌라에 살던 사람들은, 열네 번째 집에서 내가 그랬듯 다른 곳으로 쫓겨났겠지. 새 건물이니 보증금이며 월세도 물론 비싸졌을 것이다. 건물주들은 회심의 미소를 짓고 있겠지만 세입자에겐 괴담만큼 으스스한 얘기다.

우리 집에서 멀지 않은 작은 변화가도 걱정스럽긴 마찬가지다. 감자탕이나 순두부찌개 같은 소박한 음식을 팔던 자리에 빈티지 색감의 나무로 인테리어를 한 햄버그스테이크 가게나 심야식당 콘셉트의 밥집, 한옥카페 같은 것들이 들어섰다. 그런 걸 볼 때마다 가슴이 덜컥 내려앉는다. 이러다가 근처 주택들이 너도나도 상가로 개조하겠다고 나서는 거 아냐?

트렌디한 식물로 내부를 장식한 예쁜 동네 카페 앞을 지날 때마다 마음속으로, 망하지 않을 정도만 손님이 들어라. 너무 잘되면 안 돼. 입소문 나면 절대 안 돼, 하고 해서는 안 될 기도를 한다. 혹시나 싶어 동네에서 먹고 마실 땐 SNS에 사진도 안 올린다. 더러 올리더라도 간판이나 위치는 절대 알리지 않는다. 내 팔로워 수가 아무리 소박해도 만에 하나라는 게 있지 않은가. 오늘날의 세입자란 동네에 좋은 가게가 생겨도 내놓고 기뻐할 수 없는 처지인 것이다.

〈언브레이커블 키미 슈미트〉에서 릴리안이 초고속인터넷케이블을 설치하는 직원에게 그만두라고 항의하자, 직원은 이렇게 답했다. "세상이 바뀌는 걸 어쩌겠어요."

맞는 말이다. 낡은 집, 낙후된 골목, 죽은 상권… 이런 걸 언제까지고 방치할 순 없다. 어떤 이는 그 낡은 매력에 반해서, 누군가는 투자 가치를 보고 동네에 새로운 기운을 불어넣을 것이다. 그들이 결코 누구를 쫓아내려고 눈에 불을 켠 게 아닌 걸 안다. 하지만 그렇게 좋은 마음으로 새롭고 반짝이는 것들을 받아들이다보니, 거리엔 온통 새것 일색이다. 그럼 낡은 것들은? 원래 거기 있던 것들은 다 어디에 있지?

어떤 것들은 바뀌지 않고 좀 남아 있어도 되지 않나. 세상이 다 바뀌어도 변치 않고 그 자리에 있는 것이 이 거리엔 너무도, 너무도 희귀하다.

집장사의
─────────── 집

"들어와."

분주하게 움직이는 동생의 등을 넘어 눅눅한 공기가 훅, 하고 덮쳤다. 현관에 들어서자마자 보인 것은 한 줌에 들어올 것 같은 4평짜리 방. 그리고 화장실 앞에 놓인 선풍기. 동생이 방에 들어가 가장 먼저 한 일은 바로 그 선풍기를 틀어 화장실에 바람을 보내는 것이었다.

"너무 습해서…"

불 꺼진 화장실 안에 홀로 타고 있는 향초가 보였다. 신축이라 말

끔했고 반지하도 아닌 3층이었다. 주변에 무슨 강이 흐르는 것도 아니었다. 도무지 이 정도로 습기가 찰 이유가 없었다.

"수맥이 흐르는 거 아냐?"

창문을 열어 환기를 시키고 바닥의 옷가지를 줍는 동생 등을 물끄러미 바라보며 말했다. 그 조그마한 등이 조금 짠하면서도 새삼 어른스러워 보였다.

"틀림없어. 집장사가 지은 집이야. 함량 미달 자재로 날림으로 지은 집. 벽 세우고 지붕 얹었으면 집이라 이거지, 나쁜 놈들. 그래서 내가 신축을 안 좋아해요. 낡았어도 차라리 옛날 집이 벽도 두껍고 구조도 시원하다고."

위로도, 조언도 아닌 맥락 없는 투덜거림만 하면서 그 집을 나왔던 것 같다. 오직 적은 비용으로 더 많은 세입자를 받는 데만 골몰하느라 기초적인 것조차 지켜지지 않은 집. 나는 그런 집을 '집장사가 지은 집'이라고 부른다. 보기엔 멀끔하지만 하루만 살아보면 아, 내가 당했구나 싶다. 손가락에 박힌 작은 가시처럼, 발뒤꿈치에 생긴 물집처럼 작지만 끈질기게 스트레스를 주는 공간이다.

나 역시 집장사의 집을 피할 수는 없었다. 추려내기가 쉽지 않거니와 워낙 많기 때문이다. 열네 번째 집은 그중 단연 돋보이는 집장사의 집이었다. 그 집에 친구들을 초대할 때면, 나는 항상 같은 질문을 했다.

"이 건물 있잖아. 몇 층짜리로 보여?"

"글쎄, 3층?"

그 집은 7층짜리 건물이었다. 지상층이 5층, 창문만 지상으로 빼꼼히 뺀 반지하 한 층과 그 아래 지하층이 하나 더 있었다. (잠깐, 그럼 지하 2층은 창문이 아예 없었단 얘긴가? 그게 가능한가?) 계단을 네댓 개만 올라가면 집이 있고, 거기서 몇 계단 더 올라가면 또 집이 있었다. 그 계단을 오르며 항상 생각했다. 흡사 개미집이나 벌집 같다고.

많은 집을 구겨 넣어서인지 구조도 이상했다. 예컨대, 에어컨을 달 위치가 아닌데 콘센트가 저 위쪽에 있다든가 천장도 묘하게 낮았다. 그래도 그 집엔 베란다라고 부를 만한 공간이 있었는데 그마저 비가 오면 물이 줄줄 샜다. 장마철이면 베란다 창틀에 시퍼런 이끼가 자랐다. 유리를 흉내 낸 플라스틱 외장재가 햇빛을 받아 쪼그라들면서 곳곳에 틈이 생겼기 때문이다. 더욱 놀라운 건 그 집이 지은 지 이제 고작 10년 좀 넘었다는 사실이다. 내구성 따위는 아무래도 좋았던 것이다.

또 이런 집도 있었다. 어떤 신축 원룸에 갔더니 방 안에 옆방으로 통하는 문이 달려 있었다. 내가 갔을 땐 열려 있기에 나는 한집인 줄 알았다.

"와아, 이렇게 넓어요? 여긴 다른 방의 두 배네요. 비싸겠다."

"아, 그건 평소에 닫아놓는 문이에요. 거긴 다른 집이에요."

"?!"

넓게 쓰겠다는 사람이 있다면 그러라고 문을 뚫어놓은 건가. 근데 자기가 살 집을 지을 때에도 옆집과 연결된 문을 만들겠다는 발상이 가능할까? 하긴 드라마 〈또 오해영〉에도 에릭과 서현진의 집 사이에 방문이 있긴 했다.(평소엔 무거운 책장으로 막아둔다.) 그 문을 사이에 두고 선남선녀 간의 가슴 아린 드라마가 펼쳐졌다. 하지만 그건 어디까지나 드라마다. 다들 알다시피 현실과 드라마 사이에는 건널 수 없는 강이 흐른다.

지금 사는 집은 다행히도 그런 종류는 아니다. 하지만 얄팍한 상술의 기운이 느껴지는 건 이 집 또한 마찬가지다. 우리 집 건물 1층 유리문을 열고 들어오면, 정면에 보이는 집은 몇 호일까? 101호가 아니라 201호다. 사실상 101호는 반지하, 301호는 2층이다. 그럼에도 집을 내놓을 때 101호, 201호, 301호라고 광고를 낸다. 사람들은 그걸 보고 집을 구경하러 온다. 집주인과 부동산은 경사진 대지 때문에 다른 각도에서 보면 그게 맞는 층수라고 우기지만, 그래도 너무 속이 보인다. 물론 이삿짐을 옮길 때 냉장고를 옮기던 아저씨들은 "3층이라고 하시더니 2층이네요. 어떻게 짐 옮기나 걱정했는데 다행이에요"라며 안도하시긴 했다.

집들이 온 친구에게 이런 이야기를 했더니, 내 넋두리를 들은 그녀가 혼잣말처럼 중얼거렸다.

"근데… 그래도 이런 집장사들이라도 있어서 우리가 서울에서 살 수 있는 거지."

나와 마찬가지로 10년 넘게 서울살이를 하고 있는 친구였다. 하긴 그것도 그렇다. 어째 날이 갈수록 집장사가 지은 집이 줄기는 커녕 더 느는 것 같다. 장사치들이 늘어나는 건지, 형식만 갖춘 집이라도 살아야 하는 사람들이 많아지는 건지…. 이래저래 심란해진다.

집값이
──────── 정해지는
──────── 방법

우리 동네 부동산 중개인 아줌마와 집을 보고 부동산으로 돌아가던 길, 중개인이 우연히 아는 동네 아주머니와 마주쳤다. 그리고 그들이 나눈 전광석화 같은 대화.

"아이고, 여기서 다 만나네. 집 보여주고 와?"

"어머, 안녕하셨어? 한 건 하고 가요. 호호"

"참! 근데 우리 집 2층 방 있잖아. 그거 한 얼마에 내놔야 할까?"

"비어 있다는 그 방? 한 보증금 5천에 월 45면 되지."

"그런가?"

"그럼~"

"그래요, 그럼."

아… 이놈의 집값, 대체 누가 언제 어떻게 정하나 했더니….

애증의

부동산
중개인 2

※실은 이번 편에 애(愛)는 없다. 오로지 증(憎)만 있는 부동산
중개인에 관한 이야기다.

지금까지 내게 중요했던 집들은 계약 전 꼭 한 번 더 가봤다. 특별
한 이유가 있다기보다는 미처 발견 못한 결정적 문제가 있는지 확
인하고 내 결심을 재확인하는 나만의 절차다. 계약 전에 집을 한 번
더 보고 싶다고 하면 중개인들은 대부분 난처한 표정을 짓거나 대
놓고 귀찮아한다. "꼭 그래야 해요?"라거나 "집 처음 구해보나보네"

라며 비꼬는 사람도 있었다.

그런데 이상하지 않나? 집과는 비교도 안 되는 저렴한 물건을 살 때도 인터넷으로 최저가를 검색하고 물건에 하자는 없는지 꼼꼼히 살피는데, 수천 수억 원 하는 집 계약을 할 때는 겨우 한 번, 한 바퀴 돌아보고 결정해야 한다는 거. 하도 눈치를 주니까 나름 방법을 고안해보기도 했다. 처음 보러 갈 때 대강이라도 도면을 그리든지, 사진이라도 찍든지 하는 것이다. 눈으로 쓱 보면 처음엔 기억나지만 나중엔 이 집 저 집 다 뒤섞여 절대 분간이 안 간다. 간단한 도면이라도, 하다못해 주요 특징을 메모라도 해두면 집을 선택할 때, 혹은 이사하기 전 가구 배치를 구상할 때도 도움이 된다.

엄마와 나의 인생 첫 집인 열다섯 번째 집을 고를 때 역시 마찬가지였다. 몇 개의 선택지 중에서 고민하던 나와 엄마는 한 번 더 집을 보고 최종 결정을 내리기로 했다. "필요한 게 있으면 언제든 말만 하라"며 립서비스를 날리던 부동산 아저씨는 아니나 다를까 "꼭 그래야 하느냐"며 예상했던 반응을 보이다가 마지못해 우리를 다시 집에 데려갔다. 그리고 그날 우리는 그곳에 이사를 가기로 마음을 굳혔다.

얼마 후, 계약 날이 밝았다. 이른 아침부터 엄마와 나는 우리 쪽 부동산 아저씨의 차를 타고 40여 분 떨어진 집주인 쪽 부동산으로 갔다. 그해 겨울은 이례적인 폭설이 이어졌고 그날 역시 함박눈이 쏟아졌다. 차를 타고 가는 길에 아저씨는 집주인에 대한 얘기를 들려줬다. 개인이 아니라 부동산 회사이며 이 지역에 갖고 있는 집만 수백 채가 될 거라고. 아, 부동산 회사. 그래서 한 푼도 안 깎아주고 칼 같이 받았구만? 이런 생각을 하며 창밖을 향해 흥, 하고 콧방귀를 날렸다. 그 집 가격은 끄트머리에 200만 원이 붙어 있었다. 속으로 500만 원도 아니고 200만 원은 뭐지, 하고 처음부터 의문을 품어왔다. 어설프게 흥정을 해보려 했지만 타협은 없다는 단호한 태도에 바로 단념했던 바로 그 200만 원.

엄마와 부동산 아저씨가 먼저 부동산으로 들어갔다. 나는 계약금을 송금하러 가까운 은행으로 걸어갔다. 눈이 어찌나 무자비하게 내렸던지 걷는 것조차 힘들었다. 꽁꽁 언 손으로 계약금을 이체하고 다시 부동산을 향했다. 그런데 문을 열고 들어가니 분위기가 이상했다. 우리 부동산 아저씨와 엄마가 마치 꾸지람 들은 학생처럼 풀 죽은 채 앉아 있고, 저 안쪽에 세상 모든 게 싫은 표정의 중년 여자 중개인이 앉아 전화를 받고 있었다. 내가 들어오든지 말든지 눈길 한 번 안 주고 그녀의 전화 통화는 이어졌다. 기다림이 길어지자 그냥 앉아 있기 뭐했는지 아저씨가 정수기로 가 뜨거운 물에 녹차 티백을 담가왔다. 드디어 여자 중개인이 전화를 끊었다! 그런데 그녀는 우리 쪽으로 오지도 않고 컴퓨터만 쳐다보는 게 아닌가? 한 마디 양해의 말도 없이 말이다.

불쾌했지만 바쁜가보다 하고 마음을 달래며 한참을 기다렸다. 마침내 우리 쪽으로 온 그녀는 턱을 살짝 들고 우리 쪽 부동산 중개인에게 취조하듯 몇 가지를 물었다. 아저씨는 어려운 수학 문제에 답하는 학생처럼 쩔쩔매며 대답을 했다. 엄마와 나는 투명인간처럼 그들을 바라보았다. 기분이 더러웠다. 자신에게 돈을 치를 사람이 우리가 아니라 그 부동산 회사이기 때문이었을까? 수백 채의 집 중 비교적 쓸모없는 집을 처분하는 귀찮은 일이라서? 항의하고 싶었지만 콕 집어 따질 만한 행동이나 말도 없었다. 왜냐면 정말 아무 말이나 행동도 하지 않았으니까! 그냥 노려만 보고 있다가 계약이 끝남과 동시에 문을 부서져라 닫고 부동산을 나왔다. 내 살다 살다 아무 말도, 아무 행동도 안 함으로써 사람을 화나게 만드는 중개인은 처음이었다.

그래도 어쨌든 계약은 끝났고, 이사에 앞서 인테리어 공사가 시작됐다. 근데 도대체 눈은 왜 멈추질 않는지. 눈길에 자재를 실은 차가 움직이지 못해서 이틀, 날이 추워 페인트가 마르지 않아서 또 하루, 시트지가 제대로 붙지 않아서 또 이틀. 이렇게 공사 기간은 계속 늘어만 갔다. 궁색한 옛집에서 이사 갈 날만을 손꼽아 기다리는 엄마의 초조함도 극에 달했다.

하루는 눈길을 뚫고 공사 중인 집에 간식을 두러 갔다가 아래층 아주머니가 찾아와 잠시 이야기를 나눴다. 베란다와 화장실 천장에서 물이 샌다는 것이었다. 화장실은 어차피 뜯어고칠 예정이었기 때문에 방수 처리를 확실히 하기로 했지만, 베란다는 손볼 계획이 없었다. 부동산 아저씨에게 전화를 걸었다. '매도인의 하자담보책임'이라는 것이 있다. 처음엔 문제가 없는 줄 알고 계약을 했는데 조금 살아보니 결함이 발견될 수 있다. 그게 분명 세입자나 새 주인의 잘못이 아니고 계약 전부터 있었던 문제라면, 직전 집주인이 보수를 해주거나 비용을 지불해야 한다. 단, 새로운 세입자는 결함을 발견한 지 6개월 이내에 문제 제기를 해야 한다.

이러저러한 상황을 설명했더니, 아저씨는 "네, 그러셔야죠. 저쪽이 개인이 아니고 부동산 회사라 이런 건 오히려 깔끔하게 처리해줄 겁니다"라고 웬일로 믿음직한 소릴 했다. 그리고 시공업자와 현장을 보더니 물이 예전에 새긴 했는데 지금은 괜찮은 것 같다며 페인트칠만 새로 하면 될 거라고 말했다. 아래층 아주머니도 일단은 알겠다고 돌아갔다. 그런데 세탁기를 처음으로 돌린 날, 아래층 아주머니가 다시 올라왔다. 분명히 물이 샌다는 것이었다. 하는 수 없이 아저씨에게 다시 전화를 걸었다. 잠시 뜸을 들이던 그의 대답은 이랬다.

"제가 언제까지 그 집 일을 해드려야 하는지 모르겠네요."

나는 할 말을 잃고 말았다. 딸래미가 엄마 집 구해주러 다니느라 고생이 많다고, 하자가 있으면 언제든지 이야기하라고, 그런 때에 대비해서 돈 줘가며 부동산 끼는 거 아니냐고 온갖 입에 발린 말을 하던 그였기에 배신감은 더 컸다. 전날 복비를 입금한 사실이 기억나자 나는 참을 수 없었다. 전화를 끊고 씩씩거리면서 엄마한테 상황을 설명했다. 엄마가 장지갑을 겨드랑이에 바짝 끼며 말했다. 가자! 둘이서 팔을 앞뒤로 흔들어가며 집 앞 부동산으로 향했다. 아저씨가 없었다. 다시 전화해 대체 어딨느냐고 물었다. 그새 우리 아랫집에 갔단다. 상황을 파악하기 위해서란다. 아래층에서 아주머니와 얘기를 나누는 부동산 아저씨를 만났다. 아저씨는 우리 눈도 쳐다보지 않고 계속 딴소리를 해댔다.

"아저씨, 제 눈을 보세요."

아저씨는 의외의 멘트에 흠칫하고 나를 바라봤다.

"문제가 있으면 언제든지 도와주시겠다면서요. 편하게 전화하라면서요. 저는 아저씨 정말 믿었어요. 설마… 이제 돈 받았으니 됐다 이건가요? 그런 거 아니죠?"

"아유, 아니죠. 그럼요."

더 따지고 싶었지만 아저씨가 너무 빨리 접고 들어오는 바람에 작은 언쟁은 그렇게 끝이 났다. 결국 베란다는 전 집주인인지 부동산 회사인지가 방수 공사를 해주기로 마무리됐다. 하지만 마음에 생긴 스크래치는 베란다처럼 미끈하게 메워지지 않았다. 그리고 난 깨달았다. 사람들이 집을 사고 싶어 하는 건 그저 안정적인 생활을 원해서만은 아니란걸. 더 이상은 이런 갈등을 겪고 싶지 않아서 비싼 돈을 주고 집을 사는 거라는 사실을 말이다. 월셋집이건 전셋집이건 낡은 집이건 풀옵션 원룸이건 간에, 사실 집은 아무런 잘못이 없다.

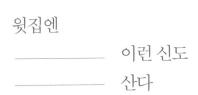

윗집엔
———————— 이런 신도
———————— 산다

가까이 있지만 먼 당신, 집주인. 그런데 아주 가끔은 입장을 바꿔 이런 생각을 해본다. 집주인에게 세입자는 과연 어떤 존재일까?

뭐, 지금까지 내 집주인들을 기준으로 보건대, 집주인들은 세입자에게 별다른 감정 자체가 없는 듯하다. 다달이 돈이 입금되면 아무래도 상관없는 그런 느낌. 세입자가 들어가는 날에도 나가는 날에도 계산만 끝나면 별다른 터치를 하지 않았다. 요새 사람들이 그런 집주인을 선호하기 때문일지도 모르겠다. 학교 커뮤니티에서 하숙집이나 원룸을 구할 때 '집주인 간섭 없음'은 드럼세탁기나 에

어컨, 인터넷 제공과 더불어 세입자들을 끌어모으는 인기 옵션으로 취급됐다. 그들은 정말 '간섭 없음' '관심 없음'일까?

실은 내겐 예상치 못한 순간에 자신의 마음 한 조각을 내보였던 몇몇 집주인이 있었다. 그 조각들을 모아 붙이면 그들의 마음이 좀 이해되려나.

5년을 살았던 열세 번째 집에는 바로 위층에 집주인 가족이 살았다. 그 집에서 그렇게 긴 시간을 보낼 수 있었던 건 물론 월세나 위치 같은 조건들이 맞았기 때문이지만 쿨한 집주인 내외 덕분이기도 했다. 별다른 간섭을 하지 않으면서도 항상 미묘하게 세입자들을 신경 쓰고 있다는 느낌이 들었다. 한번은 이런 일이 있었다. 월세가 일주일 이상 밀렸던 어느 날, 집으로 올라가는 계단에서 주인 아주머니와 딱 마주쳤다. 월세가 하루 이틀만 밀려도, 심지어 제때 보냈는데도 확인조차 않고 독촉하는 집주인들을 만나왔기에, 나는 긴장했다. 자진납세를 하기로 했다.

"아주머니, 죄송해요. 월세가 조금 밀렸는데 2~3일 후에 꼭 입금할게요."

그런데 내 말을 들은 아주머니는 뭐, 굳이 그런 얘길? 하는 표정으로 "아유, 괜찮으니 아무 때나 입금해줘"라고 말하는 것이었다. 사실 항상 그런 식이었다. 아주머니는 명절 때 과일이나 자그마한 선물을 드려도 "너 먹지, 굳이 뭐 하러 가져왔냐"며 손사래를 쳤고, 5년 동안 한 번도 월세를 올리지 않았으면서 생색조차 내지 않던 사람이었다. 그래서였는지 그 집엔 장기 투숙자가 많았다. 나와 함께 살던 하우스메이트 두 사람은 내가 들어가기 한참 전부터 세입자 생활을 하고 있었고, 내가 나오는 그날까지도 이사 계획이 없었다.

이사하던 날, 마지막 짐을 빼는데 아주머니께서 잠깐 내려오셨다. 얼굴엔 서운한 표정이 한가득. 그런 그녀가 방 안에 놓인 전자 피아노를 가리켰다.

"가끔 피아노 소리 들리던데 그게 집순이었구나!"

나는 월세가 밀렸던 그날처럼 또 한 번 긴장했다. 시끄러웠나? 사과해야 하나? 하지만 그게 아니었다.

"가끔 좋은 소리가 들려서 어디서 나나 했는데…"

피아노를 물끄러미 바라보며 아주머니가 말끝을 흐렸다. 분주하게 물건을 정리하던 손이 잠시 멈췄다. 죄송한 마음이 들었다. 나는 집주인이라는 이유만으로 아주머니에게 마음의 벽을 치고 있었다. 그런데 아주머니는 그 서툰 건반 두드리는 소리도 예쁘게 들어주고 계셨구나. 그런 사람이었구나. 그걸 이사 가는 오늘에야 알게 됐구나…. 콜밴에 짐을 꾸역꾸역 다 싣고 출발할 때까지 집주인 내외는 손을 크게 흔들며 나를 배웅했다. 너무 고마웠다고, 앞으로도 잘 살라고, 그리고 꼭 다시 보자고.

"꼭 찾아뵐게요!"

이것이 마지막 인사라는 것을 알면서도 우리는 그렇게 다음을 기약하며 헤어졌다.

내 기억 속에 조금 다른 톤으로 남아 있는 집주인이 한 명 더 있다. 하숙집이었던 열 번째 집의 주인아저씨다. 심술궂은 표정에(실제론 전혀 심술궂지 않으셨다) 생활력 강해 보이는 주인아주머니와 반대로 아저씨는 항상 기가 한풀 꺾여 보였다. 눈썹까지 하얗게 세 나이보다 더 연로해 보이던 아저씨는, 그래도 학생들이 인사하면 언제나 환한 미소로 반갑게 맞아주셨다. 밥을 짓고 또 짓느라 바쁜 아주머니 대신 어린 손주를 유치원 차에 태워 보내 데려오는 것이 아저씨의 가장 중요한 과업이었다. 어쨌거나 하숙생들에겐 있는 듯 없는 듯 존재감이 희미한 분이었다.

그 집에서 나와 중국에서 1년을 보낸 나는, 다시 근처 다른 집에 살게 됐다. 솔직히 말하면, 손주 손을 잡고 있는 아저씨를 멀리서 몇 번 본 적이 있지만 굳이 알은체는 하지 않았다. 하고 싶지 않았다. 그런데 그날은 아저씨가 먼저 나를 알아보셨다.

"어어! 학생!"

아저씨의 얼굴이 일순 밝아졌다.

"아, 아저씨 안녕하셨어요? 저 중국에서 돌아와서 이 근처 살아요."

하는 수 없이 반가운 척 인사를 몇 마디 나누고 재빠르게 돌아섰다. 그런 나를 아저씨가 불러 세웠다.

"학생, 과자 사줄게. 잠깐만."

그러고선 바로 옆에 있는 구멍가게로 쏙 들어가시는 것이었다.

"더 먹고 싶은 거 없어? 더 골라."

내 품에 과자 한아름을 안겨주신 아저씨는 어색한 내 표정을 알아차리셨던 것 같다.

"우리가 언제 다시 볼 일이 있겠어, 아쉬워서…"

어떤 집주인들은 세입자들도 모르게 자신의 마음 한 조각을 나누어준다. 사는 동안 그 마음을 고맙게 받았다면 훨씬 더 행복하겠지만, 떠난 후에 알게 된 정도 여전히 따스하기는 마찬가지다. 괴팍한 윗집 신 때문에 힘이 드는 날이면, 나는 그때 그들의 마음을 조심스레 꺼내본다. 그래, 윗집엔 이런 신도 살고 있었지.

서울은
——— 공사 중

1944년 개교한 우리 중학교는 내가 입학한 지 얼마 안 돼 낡은 학교 건물을 전면 재건축하기로 결정했다. 칙칙한 시멘트 바닥, 분필 가루가 수북한 나무 칠판, 여고괴담을 찍으면 딱일 것 같은 을씨년스러운 화장실과 영영 이별이었다. 그렇게 우리들은 컨테이너로 만든 임시 교실에서 지내며 공사장 가림막을 무대 배경 삼아 질풍노도의 사춘기를 보냈다. 금방이라도 새 건물에서 생활할 줄 알았는데 처음이자 마지막으로 신축 학교에 발을 디딘 것은 졸업식 날이 되어서였다.

"이야, 결국 완성이 되긴 하는구나."

"이렇게 좋은 학교를 두고 졸업이라니. 말도 안 돼!"

"그니깐, 고생은 우리가 다 했는데."

꽃다발을 하나씩 안은 아이들이 번쩍번쩍한 교실을 두리번거리며 한 마디씩 얹었다.(훗날 알게 됐지만, 사실 이것은 길고 긴 내 '공사장 인생'의 서막에 불과했다.)

공사장이 나를 따라다니는 건가, 내가 공사장을 따라 다니는 것인가. 내가 사는 곳 주변은 항상 공사판이었다. 중학교를 컨테이너에서 보낸 것은 사소한 에피소드였을 뿐, 서울에 올라온 이래 나의 '공사 복'은 그야말로 꽃을 활짝 피웠다. 이번엔 그 공사판들에 대해 잠시 이야기해보려 한다.

지난해, 어느 봄날이었다. 오랜만에 평일 하루 휴가를 얻었는데 봄비가 촉촉하게 내렸다. 평소 같으면 잘됐다 하고 집에 착 달라붙어 있었겠지만, 그날은 왠지 산책이 좀 하고 싶어졌다. 대학로에서 영화를 한 편 보고, 서울대병원을 가로질러 창덕궁까지 걸어가기로 했다. 하지만 계획은 시작부터 삐걱거렸다. 대학로 소나무 길의 보도블록이 다 엎어져 있었던 것이다. '보행자 편의를 위한 공사 중'이라는 팻말이 길목을 가로막고 있었다. 음? 그동안 길이 불편했었나? 잠깐 의문이 들었지만 그때까지만 해도 괜찮았다. 그런데 창경궁 돌담을 끼고 원남동 사거리를 지나 또다시 긴 공사장이 나타났을 땐 정말로 울컥하고 말았다. '율곡로 창경궁 앞 도로구조 개선공사' 현장이었다. 2010년 시작돼 2013년 완공이 목표였지만 연장에 연장을 거듭한 결과, 현재는 2019년 완공 예정이다. 보행자를 위해 인도를 따로 만들어놓긴 했는데, 지하차도처럼 사방이 콘크리트로 둘러싸여 주변 풍경을 제대로 볼 수가 없었다. 사람은커녕 개미새끼 한 마리 없어 보이는 그 길이 어찌나 어둡고 길어 보이던지….

우리 집에서 서울 종로로 나가는 길목 중 하나인 신설동역 오거리는 내가 서울에 올라온 지 3년째인 2009년부터 공사장이었다. 처음에는 무슨 공사를 하는지도 몰랐다. 그냥 도로를 뜯어고치나보다 했다. 그런데 2년이 가고 3년이 가도 공사는 마무리될 기색이 없었다. 원래 막히는 구간이기도 했지만 공사 때문에 좁아진 도로 탓에 출근길엔 10분 넘게 그 자리에 그대로 서 있는 날이 부지기수였다. 아니, 대체 무슨 공사를 하길래! 나중에야 그것이 경전철을 만들기 위한 공사였다는 걸 알게 됐다. 이곳 역시 2014년 완공이 목표였지만 2016년으로 미뤄졌다가 결국엔 착공 8년 만인 2017년 9월에야 공사가 마무리됐다.

서울엔 이렇게 연장에 연장을 거듭하는 공사장이 여럿이라고 한다. 월드컵 대교는 2015년 완공하기로 했지만 2020년으로 기한을 늘렸고, 강남순환 8공구는 2008년 완공이 목표였다가 2018년으로 무려 10년이 미뤄졌다. 이외에도 동부간선 확장 2공구, 선사-고덕지구 확장공사 등도 공사 기간이 당초보다 5년씩 늘었다.

머리를 울리는 소음, 희뿌연 먼지, 육중한 장비들. 공사장엔 정말 사람의 마음을 편안하게 해주는 것이라곤 하나도 없다. 공사장이 개인적인 공간에 가까워질수록 개인이 감당해야 하는 심란함의 정도는 기하급수적으로 커진다.

서울에서 내게 처음으로 내상을 안겼던 공사장은 대학이었다. 내가 입학했을 때에도 몇몇 건물은 지은 지 채 1~2년 밖에 되지 않았건만 학교는 해마다 새로운 건물을 세웠다. 무슨 리더십관, 뭐시기 교육관, 어쩌고 미디어센터… 학교 곳곳이 공사장으로 변하면서 근처의 작은 샛길과 오솔길들도 잠시 폐쇄에 들어갔다. 그 길을 자주 이용했던 나로선 그 점이 가장 속상했다.

공사가 시작되기 전이었지만 재건축 때문에 쫓겨났던 열네 번째 집 역시 내게 깊은 상처를 남겼다. 지금의 집으로 이사 오면서 조금 안심했던 것은 위층에 주인집이 살고 있다는 점이었다. 자신들이 살고 있으면 적어도 함부로 부수진 않겠지. 그런데 지난해 집으로 돌아오는 길에 아연하고 말았다. 우리 집은 모 대학의 후문에 있는데 그 후문에 있는 거대한 건물에 공사를 위한 가림막이 설치된 것이다. 달려가 공사장 벽에 붙은 안내문을 찾았다. 전면 리모델링을 시작한다는 팻말이 붙어 있었다. 언제 끝날지 모르는 공사는 여전히 진행 중이다.

나와 친구들이 겪은 몇 년의 불편과 인내 덕분에 후배들은 깨끗하고 안전한 학교에서 공부를 할 수 있게 됐다. 창경궁 앞 도로구조 개선공사는 일제가 나누었던 종묘와 창경궁, 창덕궁 일대를 연결하고 녹지로 만드는 뜻깊은 작업이다. 우이신설선이 개통되면서 강북 지역의 교통이 크게 개선됐고, 북한산을 찾는 사람들도 훨씬 편리하게 이동할 수 있게 되었다. 그런데 그 과정의 한가운데에 있어야만 했던 사람으로선 조금 억울하게도 느껴진다. 내 의사와는 상관없이 서울이라는 도시가 아닌 거대한 공사장에 살고 있는 느낌이랄까. 완성형이 아닌, 프로토타입(본격적인 상품화에 앞서 선보이는 시제품)만 보다 끝나버리는 기분이라 할까.

공사에 공사가 이어지는 서울의 풍경을 보면서, 나는 이제 이것이 나의 시대상인가보다 하고 체념하는 단계에 이르렀다. 어떤 시대상이냐고? 개발 시대가 지나고 찾아온 '재개발의 시대'. 그런데 한 가지 궁금한 게 있다. 이 재개발의 시대가 가면 그땐 공사판이 좀 줄어드려나? 혹시 '재재개발의 시대'가 또 오는 건 아니겠지?

이 글을 쓰고 있는 지금도 창문 밖에선 드르륵드르륵 거대한 드릴 소리 같은 굉음이 울려 퍼지고 있다. 집 앞 학교에서 들려오는 소리일까, 최근 부쩍 늘어난 집 근처 재건축 현장에서 들려오는 소리일까. 우리 집과 하천을 사이에 두고 있는 건너편 동네엔 재개발 공고문이 집집마다 나붙기 시작했다. 철거 예정이니 거주할 수 없다는 내용이다. 우리 동네를, 서울을, 내 마음을 울리는 공사 소리는 앞으로도 한동안, 아니 아주 오랫동안 줄어들지 않을 것 같다.

3

혼자 사는 건
자기 자신과
사는 일

할머니의
──────── 독립

지난해 할머니가 폭탄선언을 했다. 모든 부모가 그렇듯 자식에게 누가 되지 않는 것이 지상 최대 목표였던 할머니가 장남인 큰삼촌에게 혼자 살고 싶으니 보증금을 해달라는 간 큰 요구를 한 것이다. 우리 할머니는 젊은 나이에 남편을 잃고 사 남매를 혼자서 키워내셨다. 나이가 들어서는 큰 아들네와 함께 살면서 맞벌이하는 삼촌 내외를 대신해 손주 삼 남매를 길렀다. 한평생 키우고 키우다보니 할머니는 어느덧 할머니가 됐다. 손주들이 다 자라 뿔뿔이 흩어진 지도 이미 수년. 할머니는 어느 날, 무슨 결심이 섰는지 가족들의 반대를 뚫고 독립에 성공하셨다. 이모네 집과 우리 엄마 집이 지척에 있긴 하지만 엄연히 독립은 독립이다.

엄마는 드디어 할머니가 소원을 성취했다고 자못 결연하게 말했다. 할머니는 사실 예전부터 독립을 하고 싶어 했으나 번번이 현실의 벽에 가로막혀왔단다. 역시 내가 아는 한 세상에서 가장 쿨한 우리 할머니.

"큰 삼촌네랑 뭐 마음 상하는 일 있었던 거 아냐?"

"혼자 계시면 너무 외롭지 않을까? 여럿이 있다가 갑자기 혼자 있으면 심심하잖아."

처음에는 이런 섣부른 오해를 하기도 했다. 하지만 새로운 집에서 만난 할머니는 그 어느 때보다 기력이 넘치고 무엇보다 편안해 보였다. 하긴 생각해보면 할머니는 단 한순간도 혼자 살아본 적이 없다. 어린 나이에 결혼해 가족과 함께 한평생을 살아왔으니까. 이쯤 되면 혼자만의 삶을 꿈꿀 만도 하지 않을까? 모든 어르신들이 무조건 누군가와 함께 살기를 원할 거라는 생각은, 어쩌면 늙어본 적 없는 사람들의 큰 착각일지도 모른다.

할머니의 새 보금자리는 광주에서도 변두리에 자리한 낡아빠진

13평짜리 아파트. 요새 미니멀 라이프가 유행이라지만 내가 본 집 중에 가장 미니멀한 집은 우리 할머니의 집이다. 독실한 기독교도 이시지만 반드시 필요한 최소한의 것만을 담은 할머니의 방은 선방(禪房)을 연상케 한다.

"할머니, 혼자 있을 때는 뭐 해요?"

잡동사니는 고사하고 먼지 한 톨 없이 반짝이는 장판에, 나는 볼을 대고 누워 할머니에게 종종 물어본다.

"바닥 찬디 침대에 누워라."

할머니는 대답 대신 얼른 베개를 가져다주신다.

"여름에는 햇빛이 여그까지 드루와. 가을에는 쩌어그까지."

그리곤 손가락으로 방바닥 이곳저곳을 가리키며 뜬금없는 햇빛 이야기를 하신다. 때로는 베란다로 나가 조그만 화분 몇 개를 들여다보며 뿌듯함을 감추지 못하신다.

"저것이 처음에는 꼭 죽은 거 같더니만 꽃대가 계속 올라온당께."

그런 얘기를 나누다보면 나는 한 번도 빠짐없이 깊은 잠에 들고 만다.

어디선가 봤는데, 혼자 사는 건 자기 자신과 사는 일이라고 한다. 스스로와 마주하기 위해서 할머니는 자신만의 방을 요구한 것 아닐까. 사느라 바빠서, 아이들을 돌보다보니 정신이 없어서, 그렇게 미루고 미뤄온 혼자만의 시간을 이제 할머니는 누리고 계신다. 죽은 남편도, 다 큰 자식과 손주도 아닌, 온전히 자기 자신만 생각하는 그런 시간 말이다.

역시, 세상에서 제일 쿨한 우리 할머니.

1인 가구의
————— 풍수지리

최근 풍수지리 인테리어에 부쩍 관심이 생겼다. 복 같은 건 기대하지도 않는다. 제발 넘어지더라도 남들이 안 보는 데서 넘어지고, 무릎이 까지더라도 좀 빨리 낫기를 비는 정도의 소박한 바람이랄까. 예전에도 '침대 머리를 화장실로 향하지 않는다' 같은 간단한 것은 지켜왔지만, 요즘엔 책상 방향이나 화분 위치 같은 것까지 풍수지리를 참고한다. 물론 정확한 정보가 있는 건 아니고 그냥 인터넷에서 주워들은 미신 같은 얘기들이다.

일단, 우리 집의 방위와 구조를 간단히 소개하자면 현관이 동쪽이다. 현관문을 열자마자 왼쪽에 바로 문이 있는데 그건 화장실이다. 방과 현관 사이에 작은 주방과 베란다가 있고, 방에는 서쪽으로 난 꽤 큰 창이 있다. 원래는 책상이 현관으로 통하는 방문을 바라보고 있었다. 하지만 문을 마주 보고 앉는 것은 좋지 않다고 해 최근 문을 옆으로 보도록 책상 방향을 틀었다. 책상 방향에 관한 건 워낙 설이 분분해서 풍수상 좋은지는 모르겠으나, 눈앞에 문이 아니라 책이 놓인 흰 벽이 보이니 조금 더 집중이 되는 기분이긴 하다.

또 한번은 현관에 식물을 두면 돈이 들어온다는(그렇다. 마냥 소박한 바람만은 아니었던 것이다) 얘기에 귀가 팔랑거려서 내 옆구리쯤 오는 기다란 수경재배 대나무를 현관에 내다둔 적이 있다. 하지만 한 사람이 신발 벗기에도 옹색할 만큼 공간이 좁아서 얼마 되지 않아 때려치웠다. 대신 지금은 현관 왼쪽 벽에 행잉 플랜트를 걸어두었다. 부디 풍수지리의 효과가 나타나기를! 그러나 이 집엔 내가 어쩔 수 없는 구조적인 문제가 있다. 바로 화장실이다. 현관에서 화장실이 바로 보이면 좋지 않다는데(일각에선 망신 수가 있다는 얘기가…) 문 열자마자 보이는 게 화장실이니, 노력해도 안 되는 건 어쩌라고….

그래도 또 어디에선가 구조를 바꿀 수 없다면 가리라는 말을 주워듣고 심기일전했다. 문을 닫아놓는 것도 방법이지만 창문이 없는 우리 집 화장실은 습기가 차지 않도록 문을 자주 열어둬야 하기에, 다이소에서 '압축봉 커튼'을 사다 달기로 했다. 압축봉 커튼이란 길이를 조절할 수 있는 막대를 벽과 벽 사이에 끼워 설치하는 커튼이다. 결과는 대만족. 환기도 되고, 시선도 차단해주고. 심지어는 얼마 전 집에 놀러 온 동생이 "이거 뭐야? 이쁘다"라고 칭찬까지 해줘서 기분이 날아갈 것 같았다. 벌써 복이 들어오고 있는 건가?

죄송해요, 아빠… 미신을 싫어했던 아빠에게 이런 걸 해서.
아빠 뜻에 거스르는 것 같아 좀 그렇지만… 그래도 그 뭐냐…
마음의 문제라고 생각해요.
모처럼 산 땅이니 제대로 인사를 해두고 싶거든요. 아빠도 꼭 놀러 오세요.

–《지어보세, 전통가옥!》중에서

전에 소개한 집짓기 만화 《지어보세, 전통가옥!》에는 주인공인 작가가 집터에서 제사를 준비하는 과정이 소개돼 있다. 위는 작가가, 경제학자로서 한평생 과학과 이성을 믿어온 아빠의 묘를 찾아가 올리는 기도다.

소중한 것에 온 마음을 기울이는 것. 그런 마음. 그런 간절함. 모두가 다 그런 심정인 것이다. 풍수지리가 정말 인생에 도움이 될지 말지 누가 알겠나. 하지만 중요한 건 마음이니까. 그런 의미에서 내년 입춘에는 문지방에 '입춘대길 건양다경'도 써 붙여야겠다. 아, 이건 풍수지리가 아닌가.

혼자 하는 ——— 연말 ——— 준비

불현듯 날씨가 갑자기 추워진 기분이 들면 트리를 켤 준비를 한다. 내가 1인 가구다보니, 주변 사람들에게 트리를 켰다고 하면 깜찍한 탁상용 장식을 떠올리는데, 우리 집 트리는 그런 게 아니다. 무려 120센티미터의 당당한 장신을 자랑하는 중형 트리다.

먼지 쌓인 박스에서 가지런히 접힌 트리를 꺼내 가지를 하나하나 펴주고, 여기에 알록달록한 오너먼트를 장식한다. 오너먼트 몇 개는 여행 중 사온 것들이다. 오랜만에 느껴보는 그 질감에 애틋함이 밀려온다. 마지막으로 트리 꼭대기에 별을 달고 전구를 두른 뒤 드디어 점등. 반딧불처럼 천천히 어두워졌다 다시 밝아지는 그 불빛을 바라보노라면 마음이 차분해진다. 연말엔 집에서 혼자 트리를 켜놓고 멍 때리는 시간이 늘어난다. 한 해를 정리하는 나만의 의식이자 힐링인 셈이다.

내가 트리를 켜기 시작한 것은 지금으로부터 약 10년 전, 아홉 번째 집에서부터다. 아홉 번째 집은 학교 근처 고시원이었는데, 내가 기숙사를 나와 처음 구한 집이었다. 고시원치고는 방이 넓고 창문도 있어서 좋았지만 화장실과 샤워실이 각 층에 하나뿐인 게 치명적 단점이었다. 아무튼 공동생활에서 벗어나 처음 내 방을 갖게 됐으니, 인테리어 욕심에 불타올랐고, 급기야 크리스마스를 앞두고 직접 트리를 만들기에 이르렀다.

그건 트리라기보다는 에펠탑 형태의 조명에 가까웠다. 굵은 철사로 에펠탑 같은 사각뿔 형태를 잡아준다. 그러곤 얇은 철사로 네 개의 면을 얼기설기 얽고, 원하는 색깔의 털실로 철사와 철사 사이를 마구 휘감는다. 끝으로 전구를 두르고 원하는 오너먼트로 장식하면 끝. 만들 때는 어설퍼 보여도 막상 불을 켜면 꽤 예뻤다. (혹시 도전하려는 분이 있다면, 털실은 밝은색을 추천한다. 그래야 더 밝아 보임) 비록 누추한 고시원 방이었지만, 노란 전구 불빛에 물든 트리만으로도 방 안 가득 온기가 차오르는 기분이었다. 그날부터 나는 트리 점등

식에 중독되고 말았다.

　몇 년간은 트리 없이 살기도 했다. 하지만 되도록이면, 무슨 방법을 써서든 트리를 켰다. 심지어 중국에서 생활하던 2009년에는 초록색 반짝이 모루(반짝이 포장지를 가늘게 채 썬 모양의 기다란 끈 장식)를 사다가 벽에 트리 모양으로 붙여놓기도 했다.

　트리를 보며 올 한 해 일어난 일을 돌이켜본다거나, 내년을 설계한다든가, 뭘 반성한다든가 하는 일 따윈 절대로 하지 않는다. 그저 아무 생각 없이 바라만 본다. 그러면 내 안에 마구 흩어진 감정과 기억이 눈 내리듯 저마다의 자리를 찾아 가만히 내려앉는 것 같다. 종이에 뭘 적고 계획표를 짜지 않아도 자동으로 정리가 되는 것이다. 그리고 감정과 기억의 눈이 소복소복 쌓이면 그 위로 사랑하는 사람들의 얼굴이 하나둘씩 떠오른다. 평소엔 까맣게 잊고 살았던 사람들. 하지만 그들이 있기에 올해도 얼마나 다행이었나. 정말, 정말로 다행이다.

　지난해 겨울에는 지인에게 선물 받은 탁상용 트리를 엄마에게 다시 선물했다. 장식에 별 관심이 없는 엄마지만, 손바닥만 한 트리를 엄숙하게 점등하고선 아이처럼 기뻐하셨다. 나처럼 엄마도 올해는 혼자 트리에 불을 켜면서 한 해를 정리하시겠지.

세상의 모든 혼자 사는 사람들의 집이 따뜻한 전구 불빛으로 어스레하게 물드는 상상을 해본다.

한옥

———————— 로망

"저 오랜 꿈이 하나 있어요."

"뭔데?"

"중정이 있는 한옥에서 사는 꿈이요. 서울에서요."

"집순아, 그건 이 시대 모든 사람의 로망이란다."

그는 마치 닿을 수 없는 꿈인 양 이야기했지만 로망을 현실로 만
드는 사람들이 우리 주변에는 늘 있다! 내 회사 동기 한 명이 바로
그런 사람이었다. 몇 년 전 결혼한 그는, 신혼집으로 서촌에 있는
한옥 전셋집을 선택했다. 동기 말에 따르면, 한옥을 매매하는 것은

가격이 비쌀뿐더러 매물도 흔치 않지만, 전세는 생각보다 저렴하고 선택지도 꽤 있단다. 한옥 전세가 저렴한 이유는 리모델링이 전혀 안 돼 살기 불편하기 때문이라는 설명도 뒤따랐다. 안타깝게도 그는, 한옥 생활이 어떤지 물을 때마다 "주말에 관광객 때문에 쉴 수가 없어" "옆집이 카페라 밤에도 너무 시끄러워" 같은 고통을 호소하더니, 결국 아파트로 보금자리를 옮겼다.

역시 현실은 쉽지 않은 것일까? 어릴 적, 벽에 타일을 붙인 개량식 한옥에서 살았던 내 지인도, 내가 한옥에서 살고 싶다고 노래를 부를 때마다 무슨 귀신의 집을 이야기하듯 겁을 주곤 했다.

"네가 생각하는 한옥은 드라마 속 한옥이고. 너 벌레랑 쥐, 겨울에 사방에서 들어오는 칼바람 같은 거 감당할 수 있겠어?"

이후로 한참이나 한옥 로망을 이룬 사람을 만나지 못했다. 그런데 최근, 회사 부장님 중 한 분이 한옥으로 집을 옮겼다는 반가운 소식을 들었다. 살던 아파트를 전세로 내놓고 한옥으로 들어간 부장님은 주차할 공간이 없어서 차까지 팔았다고 한다. 집을 내놓은 거야 한옥으로 들어갈 돈을 마련하려면 당연한 일이지만, 자녀가 있는 50대 직장인이 차를 처분한 것에는 좀 놀랐다. 어쩌면 로망을 실현하는 관건은 '어떤 조건을 갖췄느냐'가 아니라 '뭘 포기할 수 있느냐'일지도 모른다.

북촌에서 서촌, 서촌에서 다시 익선동으로 이어지는, 요즘 사람들의 한옥 즐기는 풍속도를 보면, 한옥은 점점 더 젊어지고 트렌디해지는 것 같다. 과거에는 서양의 모든 것이 선진 문물처럼 여겨졌지만, 이미 그것이 보편화된 지금은 되려 전통이 훨씬 매력적으로 보인달까. 글로벌화가 진행되면 될수록 이런 경향은 짙어지지 않을까? 결국 우리가 가장 잘할 수 있는 건 우리 것밖에 없으니까. 물론 꼭 이런 거창한 생각 때문에 한옥에서 살고 싶은 건 아니다. (실은 한옥에서 에어비앤비를 하면 외국인들이 많이 올 것 같아서…) 나야 뭐 돈만 없다 뿐이지 포기할 차도, 연연할 학군도 없으니 로망 실현에 최적화된 인생인 셈. 언제 올지 모를 기회를 포착하기 위해, 나는 오늘도 네이버 부동산 한옥 매물과 전세를 폭풍 검색하며 군침을 흘린다.

우리 안의
————— 초록

나의 이사 전력엔 한 가지 자랑이 있다. 어린 시절, 아주 잠깐이지만 시골에서 살아봤다는 거. 초등학교에 들어가기 전, 나는 담양에 살았다. 번듯한 주인집 뒤편, 아궁이를 때는 부엌 달린 단칸방이 나의 네 번째 집이었다. 대문을 나서 호박 넝쿨로 뒤덮인 돌담을 끼고 돌면 그대로 탁 트인 논밭이었다. 파랗고 너른 풍경을 바라보며 멀뚱히 서 있는데, 한 무리의 동네 아이들과 마주쳤다. 쭈뼛쭈뼛하는 나에게 그중 한 명이 말을 걸어왔다.

"미나리랑 쑥 캐러 갈 건데, 너도 같이 갈래?"

"응…!'

"이렇게 생긴 거 있지? 이게 미나리야."

"이거?"

"아니이, 그건 그냥 잡초고."

아이들을 쫓아다니며 미나리와 쑥을 양손 가득 뜯은 그날, 엄마는 팡팡 소리가 나도록 내 엉덩이를 두드려줬다. 저녁 메뉴는 쑥된장국. 처음으로 느껴본 향긋하고 연한 봄의 맛. 나는 지금도 쑥된장국을 무척 좋아한다.

작은 소동도 있었다. 여름에 비가 내리고 나면, 감나무 아래에 손톱만한 청개구리들이 모여들었다. 그 말간 초록색들이 배를 불룩이며 숨을 쉬는 게 신기했다. 어찌나 귀여웠던지 나는 청개구리 친구들을 잡아다가 방 안에 풀어놨다. 하지만 청개구리들이 얌전히 나랑 놀아줄 리가. 장롱 뒤로, TV 뒤로 숨어든 청개구리들은 며칠 동안 방 안에서 개굴개굴 울어댔다. 잡아도 잡아도 어디선가 들려오는 개굴개굴 소리에 짜증을 내던 엄마도 나중엔 웃음이 터지고 말았다.

시골은 아니었지만 세 번째 집엔 작은 화단이 있었다. 화단이라고 부르기 무색한, 더러운 공터쯤 되는 공간이었다. 그 시커먼 흙에서도 봄이면 유채꽃이 피었다. 학교에서 돌아오면, 나는 방에 가방을 내던지고 화단 앞에 쪼그려 앉아 초록색 진딧물로 뒤덮인 유채꽃을 언제까지고 바라봤다. 지저분한 화단만큼이나 남루한 집, 가난한 동네였다. 색이 바랜 슬레이트 지붕에 창호지 문이 달린 그런 집. 하지만 그게 세 번째 집의 전부는 아니었다. 내가 그 집에 대해 기억하는 것은 골목 어귀에 있던 모과나무, 한 아름으로 안을 수 없을 만큼 자란 아카시아나무, 근처 하천에 심긴 허리 휜 버드나무 같은 것들이다. 이름도, 나이도 모르는 동네 애들과 '와-' 하고 몰려가 허리 휜 버드나무에서 순서를 정해 미끄럼을 탔다. 근처 하천가에는 내가 좋아하는 하얀 토끼풀이 지천으로 깔려 있었다. 거기 주저앉아 친구와 네잎클로버를 찾기도 하고, 그러다 지치면 토끼풀로 반지며 팔찌를 만들었다. 새 옷을 차려 입고 엄마 손을 잡고 유치원에 가던 어느 봄날, 아찔하게 진동하던 아카시아 향기 그리고 바람에 흩날리던 새하얀 꽃잎. 언제나 슬로모션으로 재생되는 몇 안 되는 기억이 바로 그곳에서 만들어졌다. 그래서 내게 그 동네는, 집은 결코 누추하지 않다.

어린 시절이나마 마당에서, 골목길에서 놀았던 기억을 공유하는 마지막 세대, 그게 바로 나의 세대가 아닐까? 요즘엔 그런 생각이 든다. 아파트에서 태어나 평생 아파트에서 사는 것이 흔해진 세상이니까. 오죽하면 어느 프랑스 지리학자가 우리나라를 두고《아파트 공화국》이라는 책까지 썼겠는가. 2016년 기준으로 전국 주택 수 가운데 아파트가 차지하는 비율이 60퍼센트에 달한다는 통계까지 있으니 그럴 만도 하다. 최근에는 서울 개발 초기에 생긴 아파트들을 우리 주거 문화 변천사와 산업화 유적으로 인정하고 보존해야 한다는 주장까지 나오는 듯하다. 아파트는 이미 우리의 주거 생활은 물론 감성의 저 깊은 곳에 콘크리트 기둥처럼 단단하게 박혀 있다.

하지만 어찌된 것이 땅과 나무로부터 멀어질수록 자연과 식물에 대한 동경은 짙어지는 모양새다. 최근 핫하다는 카페나 술집에 가면 온통 식물로 내부를 꾸민 곳이 많다. 그것도 꽃도 피지 않는 관엽식물들로만 말이다. 영업집이든 가정집이든 식물 인테리어를 뜻하는 '플랜테리어'가 대유행이다.

시골 출신인(?!) 나도 그런 막연한 동경 때문에 작은 식물을 많이 길렀다. 물론 많은 자취인들이 그렇듯 잘 기르지는 못했다. 관리에 무관심한 탓도 있지만 햇빛이 잘 안 드는 집에 자주 살았기 때문이다. 또 식물을 기를 때 간과하기 쉬운 중요한 요건이 통풍인데, 혼자 살다보니 여름에도 창문을 거의 열지 않아 화분에 바람 한번 맘껏 못 쐬어줬다. 미안했다 얘들아, 부디 좋은 곳에 갔기를 기도할게. 진심이야.

하지만 동굴 깊숙한 데 고인 물이나 빙하가 떠다니는 바닷속에도 생명체가 살듯이, 척박한 환경에서도 비교적 잘 살아남는 강인한 식물은 분명 존재한다. 1인 가구들에겐 생명력 끈질긴 식물이 제격이다. 내 경험상으론, 일단 이름이 예쁜 애들은 제외시키는 게 좋다. 로즈마리나 타임, 레몬밤 같은 허브류가 대표적이다. 볕이 따스한 남유럽 출신이 많아서인지 방에서 키우기 어렵다. 정말로 단 한 번도 성공해본 적이 없다. 개인적으로는 선인장도 잘 안 맞았다. 물을 자주 안 줘도 되니 키우기 쉬울 거라 생각하지만, 까딱하면 과습 때문에 뿌리가 썩기 십상이다. 그리고 물을 언제 줬는지 자꾸 까먹어….

내가 추천하는 식물은 물에 담가 기르는 수경재배 식물이다. 가장 어려운 물 주기 스트레스가 없다니 획기적인 식물이다. 천장에 매달아 기를 수 있는 '행잉 플랜트'류도 괜찮은 것 같다. 이 친구들은 흙 없이, 심지어 물 없이도 공중에 매달려서 잘만 사는 엄청난 식물이다. 분무기로 물을 주거나 1~2주에 한 번 뿌리를 잠깐 물에 담가주면 된다. 마지막으로, 크기가 작은 것보다는 조금 큰 식물이 낫다. 작은 식물들은 그만큼 생명력도 약하다. 큰 식물은 존재감도 확실해서 식물과 함께 사는 즐거움도 더 만끽할 수 있다. (아무럼, 나중엔 식물과 대화하고 있는 자신을 발견하게 될지도 모른다.) 자주 눈이 가는 만큼 신경도 많이 쓰게 된다.

우리 집에도 초록이 친구가 셋 있다. 가장 오래된 친구는 '개운죽'인 '죽대위님'이다. 125센티미터의 어엿한 키를 자랑하는 우리 죽대위는 물에만 담가두면 사계절 내내 진녹색을 잃지 않는 든든한 반려식물이다. 죽대위라는 이름은 그가 우리 집에 올 당시 큰 히트를 친, 드라마 〈태양의 후예〉의 주인공 '유시진 대위'에서 착안한 것이다. 예로부터 대나무는(정확히는 대나무를 태울 때 갈라지면서 나는 큰 소리) 악귀를 물리친다는 설화가 있어 집을 잘 지켜달라는 뜻도 담고 있는 이름이다. 물론 나중에 갖다 붙인 의미다.

그런데 최장기 생존 기록을 자랑하는 이 죽대위가 재작년 겨울 줄기 끝이 샛노랗게 마르기 시작했다. 정말이지 심장이 떨어지는 줄 알았다. 사진을 찍어 화원으로 달려갔더니 냉해를 입은 것이라고 했다. 냉해? 내가 자는 방에서 같이 사는데? 죽대위 덕분에 나는 예전보다 조금 더 따뜻한 겨울을 지내고 있다. 가스보일러 요금은 늘었지만… 역시 죽대위 너밖에 없다!

두 번째 식구가 된 친구는 '설란이'다. 외국에선 '아가베 아테누아타'라는 그럴듯한 이름을 갖고 있지만, 한국 이름은 왠지 전설이 서려 있을 것 같은 '용설란'이다. 열여섯 번째 집에 이사올 때 동생이 선물한 설란이는 한 달에 한 번만 물을 주면 된다. 처음 올 때보다 다소 수척해지긴 했지만 그래도 꿋꿋하게 새잎을 펴내고 있어 기특하다. 얼마 전, 설란이에 대해 새롭게 알게 된 사실이 있는데 설란이의 수액을 받아 증류한 게 데킬라라는 것이다. 그걸 알게 된 이후, 설란이가 어딘지 좀 야성적이게 보인달까. 이름을 '호세'나 '미구엘' 이런 걸로 바꿔야 할까.

끝으로, 우리 집의 귀염둥이 막내를 소개한다. 바로 행잉 플랜트 '김미역'이다. 해초처럼 생겨서 보자마자 지은 이름이다. 김미역은 '립살리스 부사완'이라는 선인장과로 공기정화도 해준다. 코엑스에서 열린 1인 가구를 위한 박람회에서 1인 가구에 적합한 식물을 파는 부스가 있어 업어온 친구다. 플로리스트가 "정말 안 죽어요. 내 팽개쳐도 절대 안 죽어요!"라고 무척이나 강조했던 게 기억난다. 그분 말대로 맨날 물 주는 것도 까먹는데 너무나 파릇하게 잘 자라고 있다. 현관문 바로 옆에 걸려 있어 자연스럽게 출퇴근 인사를 하게 된다. "집 지키고 있어, 돈 벌어올게" "나 왔어. 오늘 너무 힘들다" 같은 시시콜콜한 말들. 심지어 우리 집에 온 지 얼마 안 돼서는 그 미역 줄기 같은 이파리 끝에 청초한 하얀 꽃을 피워내 나를 놀라게 했다. 물론 일각에서는 식물들이 죽음에 이를 듯한 극한 상황에

처하면 마지막 번식을 위해 급작스레 꽃을 피운다는 설도 있지만, 미역이는 아직 건강하게 잘 살아 있다! 이제 봄도 왔으니 다시 한 번 그 얌전한 꽃을 볼 수 있기를 기대하고 있다.

몇 년 전까지만 해도, 나는 '반려 식물'이라는 단어는 조금 오버가 아닌가 생각했었다. 적어도 개나 고양이쯤은 돼야 교감이 가능하지 않을까 싶어서였다. 하지만 지금은 다르다.(대화도 하는데!) 식물 역시 엄연한 생명이고, 그들이 무럭무럭 잘 자라는 곳이라야 인간도 편히 쉴 수 있다고 생각한다. 얘들아, 우리 오래오래 건강하게 즐겁게 살자!

얼어붙은 거리를 걷던 그녀가 한 건물의 이층을 올려다본다.

성근 레이스 커튼이 창을 가리고 있다.

더럽혀지지 않는 어떤 것이 우리 안에 어른어른 너울거리고 있기 때문에, 저렇게 정갈한 사물을 대할 때마다 우리 마음은 움직이는 것일까?

―《흰》, '레이스 커튼' 중에서

내가 좋아하는 한강 작가의 소설 《흰》은 모든 '흰 것'에 관한 이야기다. 그녀의 표현대로 희고, 깨끗하고, 정갈한 것에는 분명 마음을 울리는 게 있다. 그런데 나는 여기에 하나 더 추가하고 싶다. 레이스 커튼 아래 놓인 자그마한 화초. 정말, 확실히 그렇다. 새하얀 모든 것들이 그렇듯 초록 역시 사람의 마음을 동하게 한다. 노란색이나 빨간색, 파란색 같은 것들이 결코 줄 수 없는 잔잔한 울림이 초록색에는 있다. 그건 한평생 전원생활을 해본 적 없는 사람이라도 분명하게 느낄 수 있는 감정이다. 우리 마음속 창문에 잎사귀를 드리운 화분이 하나 놓이지 않았다면, 어떻게 그렇게 미묘한 감정이 생길 수 있겠는가. 우리 안엔 분명 한 조각 초록이 있다.

그러니까 당신도 꼭 식물을 기르세요! 두 번 기르세요!

삼시세끼

—————— in

—————— China

"갑자기 왜 돌아온 거야?"

"배고파서… 진짜 배고파서 돌아왔어."

-영화 〈리틀 포레스트〉 중에서

영화 〈리틀 포레스트〉 한국판엔 고시 공부를 하며 서울살이를 하
는 김태리가 고시원에서 밥을 먹는 장면이 나온다. 편의점 아르바
이트에서 돌아와 편의점 도시락으로 끼니를 때우는 이 시대 청춘
의 식사. 가벼운 플라스틱 용기, 온기 없는 내용물보다 내 마음을

파고든 것은 그녀가 밥을 먹는 공간이었다. 그녀는 책상에서 밥을 먹었다. 맞다. 그랬다. 언제나 책상이었다.

원룸 생활에서 가장 사치스러운 가구가 있다면, 그건 아마 식탁이 아닐까? 책상과 책장, 침대, 가끔 옷장까지 갖춘 원룸이 많지만 식탁은 대부분 없다. 자취인의 삶에서 '제대로 된 한끼'가 어떤 비중을 차지하는지를 단적으로 보여주는 예다. 대부분은 가볍고, 저렴하고, 간편한 접이식 밥상을 쓴다. 그런데 난 왠지 모르게 접이식 밥상이 싫었다. 흔들거리는 얇은 다리도 불안하고, 혼자 상을 펴서 밥을 먹는 내 모습도 마음에 들지 않았다. 뭐, 그렇게 싫으면 교자상이라도 구해다놨으면 됐다. 식탁이나 밥상의 문제는 아니었던 것이다. 혼자 먹는데, 간단하게 때울 건데, 하며 끼니를 무시하는 내 마음 때문이었지. 그런 이유로 난 항상 책상에서 밥을 먹었다. 식탁을 둘 만한 공간이 있는 곳으로 이사하자마자 아일랜드 식탁을 사들였지만, 습관이란 게 얼마나 무서운지… 나는 아직도 멀쩡한 식탁을 두고 책상에서 밥을 먹는다.

내 자취 인생에 첫 식탁이 있었던 집은 중국 산동성에서였다. 교환학생 시절, 한 학기 동안 살았던 오피스텔이 나의 열두 번째 집이다. 커다란 침대 한 개와 꼬질꼬질 때가 탄 빨간 2인용 소파, 책상, 그리고 동그란 베이지색 식탁이 옵션으로 제공됐다. 책상을 룸메이트에게 양보한 대신 나는 식탁에서 공부했기 때문에, 결국 앞뒤만 뒤바뀐 꼴이 되긴 했지만. 그래도 '식탁 겸 책상'과 '책상 겸 식탁'은 엄연히 다르다. 그 동그란 식탁이 애절한 눈빛을 계속 쏘아서인지 열두 번째 집에선 직접 요리를 하든 밖에서 사다 먹든 하루 세 끼를 참 정성스럽게도 챙겨 먹었다. 중국 이야기가 나온 김에 지금부터 그 삼시 세끼의 기록을 간략하게 소개할까 한다.

'미식의 나라'라는 명성에 비해 중국 가정집의 부엌은 소박한 편이다. 나와 내 룸메이트 샤오랑이 2학기부터 살았던 오피스텔도 옹색한 부엌이, 그것도 베란다에 있었다. 처음엔 우리 집만 그런가보다 했는데, 일반 가정집들도 주방이 크진 않은 듯했다. 실제로 한 중국인 친구의 본가에 놀러 갔더니 집 크기에 비해 주방이 매우 작았다. 중국은 외식과 포장 음식을 자주 즐기기 때문이다. 평범한 야채 볶음도 1인분씩 비닐봉지에 담아주는 식당이 널렸다. 아마도 우리나라에 비해 맞벌이가 일상인 사회적 분위기와 관련이 있는 것 같다. 1인 가구들이 밥을 챙겨 먹기엔 최적의 환경이 아닌가 싶다.

두 사람이 나란히 서서 일할 수 없을 정도로 좁아터진 주방이었지만, 샤오랑과 나는 신명 나게 세끼 밥을 만들어 먹었다. 초반엔 돈을 아끼려고 요리를 시작했으나 나중엔 요리 자체에 재미를 붙여 서로에게 웍과 중식도를 선물해주는 지경에 이르렀다. 물론 우리도 외식이 흔한 중국 문화에 완벽하고도 철저하게 적응하면서 음식을 사 먹는 일이 급격히 늘긴 했다.

돌이켜보면, 그 바쁜 아침에도 굶지 않고 꼭 식사를 했다. 가장 자주 먹었던 건 데운 우유에 말아먹는 오트밀. (웬 중세시대 가발을 뒤집어쓴 기기묘묘한 아저씨가 그려진 제품이었는데, 알고 보니 세계 오트밀 시장 1위 브랜드인 '퀘이커'의 상품이었단다. 얼마 전부터 우리나라에도 정식 수입이 시작됐다.) 중국엔 생우유가 거의 없고 어딜 가나 멸균 우유뿐이다. 아무리 열린 마음으로 마셔봐도 입에 잘 맞지 않았는데, 데워 먹으면 그나마 먹을 만했다. 오트밀을 먹을 시간도 없으면 집 건너편 시장에서 사온 과일을 먹었다. 넓은 땅덩어리에 다양한 기후의 지역이 있는 만큼 사시사철 수박, 바나나, 홍시, 대추, 귤 같은 과일을 돈 걱정 안 하고 먹을 수 있었다.

그러나 중국에서 먹었던 아침밥 중 꼭 하나만 다시 먹을 수 있다면, 내 선택은 당연히 오트밀이 아니다. 여름방학 윈난성 쿤밍에서 봉사활동을 할 때 먹었던 바오즈(호빵과 왕만두의 중간쯤 되는 음식)를 꼽고 싶다. 중국의 서남쪽 끝에 위치한 윈난성은 베트남, 라오스와 접경하고 있는 지역이다. 꽤나 남쪽이지만 지대가 높아서 사시

사철 봄 날씨인 축복받은 곳이다. 고도 때문인지 지평선을 바라보면서 계속 달리면 하늘이 꼭 닿을 것처럼 가깝다. 한 달간 원난성의 자원봉사센터에 머무르며 봉사활동을 하는 동안, 매일 아침을 근처 시장에 있는 허름한 가게에서 바오즈를 먹었다. 식당이라기보다는 헛간에 가까웠던 그 가게에선, 나무로 얼기설기 만든 목욕탕 의자 같은 데 앉아 식사를 해야 했는데, 음식 맛만큼은 정말 훌륭했다. 안에 든 달콤한 팥소나 풍미 가득한 표고버섯소도 좋았지만, 일품은 하얗고 매끄러운 피였다. 마치 우유나 버터를 잔뜩 넣어 만든 것처럼 부드럽고 고소한 맛, 폭신하고도 촉촉한 식감! 몇 개든 언제든 먹을 수 있을 것 같았다. 원난성을 떠나던 마지막 날에도 우리는 이 맛을 결코 잊지 말자며 그 가게에서 바오즈를 사다 먹었다.

요리라고 부를 수 있는 것을 만들어 먹은 건 주로 점심이었다. 집이 학교와 가까워서 점심밥을 자주 해 먹었다. 이게 요리냐 싶을 정도로 간단한 두 음식을 소개하자면, 투도우쓰(중국식 감자채)와 시훙스차오지단(토마토달걀볶음)이다. 투도우쓰는 감자를 가늘게 채 썬 뒤 찬물에 담가 전분을 빼고 마른 고추와 함께 기름에 볶아 먹는 요리다. 우리나라의 감자볶음과 비슷하지만 좀 더 아삭한 식감이 포인트다. 이 요리를 자주 해 먹으면 '셰프님' 소리가 절로 나는 칼질 실력이 보너스로 주어진다.

토마토달걀볶음은 비교적 최근에야 가정식으로 자리 잡은 메뉴인데, 어디에서나 흔하게 맛볼 수 있는 대중적 음식으로 사랑받고 있다. 중국 음식과 잘 안 맞는 사람은 식당에서 이걸 시켜 먹으면 된다.(단, 고수를 뿌리는 식당이 많으므로 꼭 빼달라고 할 것) 이름처럼 계란을 스크램블하다 큼직하게 썬 토마토를 넣고 간을 해서 볶아주면 끝. 밥 위에 얹어 덮밥처럼 많이 먹었다. 이외에도 수제비, 스파게티, 양파 장아찌 등 다양한 음식이 베란다 부엌에서 탄생했다.

나중엔 밥을 하는 게 귀찮아져 점심에도 학생 식당을 애용했다. 중국의 학식은 정말 파면 팔수록 매력적이다. 일단 규모가 남다르다. 우리나라로 치면 학생회관 같은 널찍한 건물이 통째로 식당이다. 그 건물에서 층마다 수십 혹은 수백 종의 음식을 판다. 지하에는 찐 고구마나 옥수수, 삶은 계란 같은 각종 부식을 팔고(특이하게도 무게를 달아서 판다), 1~3층에는 일반적인 중국 가정식, 4층엔 좀 비싼 세트 메뉴나 소수민족들을 위한 음식을 팔았다. 전국 회사에 이런 구내식당을 설치한다면, 아마 월요병 발병률이 크게 낮아질 것이다.

저녁엔 본격적인 외식이었다. 우리의 최애 식당은 중국식 샤브샤브인 '훠궈'집. 강력한 향신료의 향 때문에 훠궈를 먹는 날엔 옷을 베란다에 걸어두고 자야 했지만, 그 맛은 가히 중독적이었다. 일단 자리에 앉으면 김밥천국처럼 빼곡하게 메뉴가 적힌 종이를 발견할 수 있다. 각종 고기 부위와 채소, 버섯, 당면, 얼린 두부, 말린 두부, 포두부 등 볼펜으로 원하는 메뉴에 체크하면 그 재료를 가져다준다. 중국 외식의 대표 주자로는 꼬치구이도 빼놓을 수 없다. 현지 친구들을 따라 꼬치구이집에 간 적이 있다. 여기도 빼곡한 메뉴 종이가 있다! 양고기는 물론 소고기, 닭고기 등 다양한 고기의 부위를 꼬치로 즐길 수 있다. 기상천외한 꼬치도 많다. 내가 신기해했던 건 식빵 꼬치. 4등분한 식빵을 꼬치에 꽂아 구워 먹는다. 대체 왜? 그건 그렇고 중국 대학생들은 술을 거의 마시지 않는다. 나도 분위기에 맞춰 맥주를 참았는데… 아니, 어떻게 칭다오 없이 양꼬치를 먹냐!

여자 둘이서 세끼 밥만 먹었을 리 만무하다. 우리는 중국의 디저트에도 깊이 탐닉했다. 처음엔 이 동네 하나뿐인 빵집에 진열된 옛날식 버터케이크를 보고 절망과 혼돈에 빠졌다. 하지만 그건 기우에 불과했다. 중국의 북방 지역은 밀가루가 주식이다. 그만큼 밀가루를 활용한 간식이 많다. 길거리에서, 시장에서 온갖 중국식 빵과 과자를 구워서 판다. 그중 샤오랑과 내가 중독된 건 집 건너편 시장에서 팔던 '치엔청빙'이었다. 단순한 직사각형 모양에 단면은 수십 겹의 층이 진 빵이다. 모양은 흡사 파이와 비슷하지만 맛은 전혀 다르다. 빵에 버터 대신 참기름을 넣는다면, 이런 맛이 날까? 우리의 또 다른 주식, 치엔청빙. 그립구나!

딱 한 번 먹어봤지만 날카로운 기억을 남긴 '두리안 파이'는 한국에 돌아와서 꿈까지 꿨다. 동네 번화가 나들이를 갔다가 델리만쥬급 향기에 홀려 이끌려갔더니, 두리안 파이가 있었다. 냄새가 역한 두리안 과육과는 딴판으로 도저히 거부할 수 없는 향기가 났다. 파삭, 하고 부서지는 겉껍질 속에서 흘러나오던 따끈한 두리안 크림. 커스터드 크림만큼 부드럽고 그보다 깔끔한 맛이었다. 내가 왜 그때 한 개만 사 먹었을까. 꿈까지 꿀 줄 알았다면 한 서너 개쯤 욱여넣었을 텐데.

"언니, 점심에 뭐 먹죠?"

"샤오랑, 저녁에 먹고 싶은 거 있어?"

"이걸로 뭐 만들 수 있는 거 없을까?"

아침엔 점심 때 먹을 걸 상의하고, 점심 땐 저녁에 먹을 걸 논의했다. 오후엔 장을 보고 저녁엔 다음날 아침을 준비한다. 그렇게까지 일상에, 끼니에 몰두해본 적이 있었나? 사소한 생활의 절차 하나하나에 집중하는 것보다 더 중요한 일이 있었던가? 의도치 않게 낯선 타국에서 우리는 일상을 한껏 누리는 법을 배우고 돌아왔다.

내 손으로 세끼 밥을 지어 먹는 것. 요샌 다들 영화나 예능 프로

그램으로 '간접 시청'을 하는 듯하다. 다시 책상에서 밥을 먹는 나도 TV에 나오는 먹음직스러운 음식들을 반찬 삼아 허술한 밥을 떠넣는다. 그런 프로그램을 보면 그저 충실한 한 끼 식사를 내 손으로 지어 먹는다는 게, 도시를 떠나 고향으로 돌아가거나 섬이나 산으로 떠나야만 가능한 일이 돼버린 기분이다. 밥을 차릴 시간도, 제 스스로를 잘 먹일 마음의 여유도 없기 때문이겠지. 하지만 시간이나 여유가 어떻든지 간에 인간은 어차피 날마다 뭐든 먹어야만 하는 존재다. 일이든 꿈이든 야망이든 그게 뭐든 밥을 못 먹게 하는 그 쓰잘 데 없는 것들 앞에서 난 이렇게 뇌까린다.

"그래봤자 다 먹고 살려고 하는 짓이야."

함께
——— 산다는
——— 것

"아무도 나랑 살고 싶어 하지 않는 것 같아."

친구에게서 이 말을 들었을 때 나는 심장이 툭, 하고 떨어지는 줄 알았다. 그 즈음 친구는 밥 먹듯이 야근을 하면서도 투잡을 뛰었고, 연애를 하면서도 사랑에 허덕이고 있었다. 아무리 그렇다 해도 그녀의 입에서 "힘들어 죽겠어"나 "우울해" 같은 말이 아니라 "아무도 나랑 살고 싶어 하지 않는 것 같아"라는 말이 흘러나올 줄은 몰랐다. 왜 하필이면 그런 표현이었을까. 언제나 자신이 하고 싶은 게 분명하고 그래서 흔들림 없던 친구였기에, 그녀의 말은 충격 그 자체였다.

"그게 무슨 바보 같은 소리야. 아무도 살고 싶어 하지 않긴, 누가."

"……"

"다음에 우리 이사할 땐 서로 가까운 곳에 살자."

"가까운 곳에 사는 거랑 같이 사는 건 달라. 난 일상을 공유할 사람이 필요해."

직감이 왔다. 아, 상황이 예상보다 심각하구나.

"나 있잖아! 내가 같이 살면 되지!"

그제야 친구는 고개를 들었다.

"정말?"

"그래, 네가 그렇게 힘들다면 그래야지. 할 수 있어."

나는 혼잣말을 하듯 여러 번 중얼거렸다.

숱한 날들을 혼자 멀쩡히 잘 살다가 어느 날, 빈 집에 들어가는 게 견딜 수 없어졌다는 사람들이 있다. 소리도 없이 쌓인 가벼운 눈에 집이 무너지듯, 오랜 시간 쌓인 외로움이 마음을 떠받치고 있던 기둥을 무참하게 꺾어버리는 순간이다. 그럴 땐 별 수 있나. 같이 그 기둥을 떠받칠 누군가를 찾거나 쌓인 눈을 털어내고 무너진 집을 다시 짓는 수밖에.

본가에서 독립한 지 12년. 아직은 누군가와 같이 산다는 게 상상이 되지 않는다. 눈에 집이 무너지는 일도 발생하지 않았다. 내게 눈은 여전히 마냥 예쁘고 운치 있는 것이다. 동생은 "혼자에 너무 익숙해져서 그래. 그럼 안 된다고!" 하며 나를 다그치지만, 안 될 게 뭐람? 나는 내 자신과 더불어 여봐란듯이 잘 살고 있다. 솔직히 혼자 살고 있으면서도 때로는 혼자 있는 시간이 너무나 간절하다. 난 아직도 나만의 시간에 갈증을 느끼고 있다. 그런데 그런 내가, "같이 살면 되지"라는 말을 할 줄이야. 내 입으로 문장을 내뱉으면서도 나는 스스로에게 놀라고 있었다. 그러나 나는 안다. 그건 결코 친구의 기분을 바꿔보려고 무리수를 둔 것도, 머리와 입이 따로 놀아 엉겁결에 나온 말도 아니었다. 나는 분명 결정을 내렸다.

그날의 결정은 실제로 이뤄지지는 않았다. 친구는 다행히도 그 깊고 끈적한 수렁에서 한발 한발 자신을 구해냈고, 투쟁 끝에 평온한 일상을 되찾았다. 하지만 나는 그때 중요한 사실 하나를 깨달았다. 어른이 다 된 내가 누군가와 함께 살기로 결심한다면, 그건 이런 감정 때문일 거라고 생각했다. 너무 사랑해서 없으면 안 될 것 같아서. 항상 웃을 수 있을 것 같아서. 그런데 사실은 그런 게 아니었다. 함께 산다는 결정은 감수하는 것이었다. 포기하는 거였다. 내가 안온한 나만의 세계를 포기하고, 친구와 같이 살기로 마음속 레버를 힘껏 당긴 것처럼.

우리 엄마도 32년 전, 그 레버를 있는 힘껏 당겼다. 엄마는 스물여덟에 나를 낳았다. 그리고 얼마 안 가 이혼했다. 나를 데리고 나온 건, 그녀에겐 너무나 당연한 결정이었지만, 주변 사람들에겐 아니었다. 언제든지 새로 시작할 수 있는 젊은 나이였으니까. 하지만 엄마는 그 모든 것을 포기하고 나와 함께 사는 편을 택했다. 그리고 그 결정이 얼마나 오랫동안 그녀를 궁지에 몰아넣었는지, 나는 안다. 또 우리를 지금까지 가족으로 단단하게 묶고 있는 힘이, 단지 그녀가 나를 낳아서가 아니라 그날의 결정 덕분이라는 것도.

눈을 털어내고 집을 다시 지은 친구가 잘 먹고 잘 살고 있고, 아직 나는 집이 무너진 적 없으니, 당분간은 누구와 함께 살 일은 없을 듯하다. 하지만 작은 변화 하나를 기대하고 있다. 몇 달 후면 이사를 하는 친구가 우리 동네가 마음에 든다며 부동산을 소개해달라고 한 것이다. 결과는 아직 알 수 없지만 기다려지긴 한다. 동네도 '집'이니까, 넓게 보면 이것 역시 함께 사는 것. 아는 사람이 있는 동네, 거기엔 분명 새로운 이야깃거리가 생겨날 것이다. 그리고 한동네에서 우리는 전과 다른 새로운 끈으로 연결돼 서로를 지지해주겠지.

일부러

———— 길을
———— 잃는다

어릴 적 나는 툭하면 길을 잃어서 엄마 속을 새카맣게 태웠다. 그럴 때마다 엄마는 내가 칠칠치 못하고 덤벙대서라고 나무랐지만, 나도 할 말이 있다. 그것도 다 이사 때문이라고 말이다.

초등학교 저학년 때까지, 나는 매주 주말을 버스로 한 시간쯤 걸리는 이모네 집에서 보내곤 했다. 평소에는 혼자서도 잘 다녔지만, 문제는 이사 직후였다. 새로운 동네에서 이모 집을 찾아갈 때면 당연히 바뀐 정류장에서 버스를 타니까 혼동할 일이 거의 없었다. 하지만 돌아오는 길엔 어김없이 옛집으로 가는 익숙한 버스에 올라

탔다. 그게 아니면 엄마가 신신당부한 160번이 대신 161번을 타거나 180번을 타버리는 식이었다. 내가 가장 좋아하는 맨 앞자리에 앉아 좋아하는 가수의 테이프를 들으며 초점을 풀고 창밖을 응시하다보면, 버스는 가야 할 방향을 두고 낯선 방향으로 머리를 돌렸다. 입이 바짝바짝 마르고 심장이 쿵쾅쿵쾅 뛰는 채로 몇 정거장이 더 지나서야, 나는 가까스로 용기를 내 하차 버튼을 눌렀다. 또 길 잃어버렸네. 엄마한테 혼나겠다.

버스에서 내려 가장 먼저 해야 할 일은 공중전화를 찾는 것. 은색 철골에 더러운 유리가 끼워진 '한국통신' 공중전화 부스. 수화기 너머로 들리는 엄마의 격앙된 목소리. "너 거기 어디야!" 지금이라도 대답해주고 싶다. 엄마, 내가 그걸 알면 엄마한테 전화를 안 걸었지. 그럴 땐 어린이라는 게 도움이 된다. 애처로운 표정으로 주변 어른에게 도움을 청하면 전화를 대신 받아 여기가 어디인지 엄마에게 설명해준다. 한번은 전화 통화를 마친 아저씨가 내 손에 차비를 쥐어주며 몇 번을 타고 가면 된다고 가르쳐준 적도 있다.

그런데 한번은 하필이면 주변에 공중전화조차 찾아볼 수 없는, 정말 시골길에 내리고 말았다. 있는 거라곤 다 쓰러져가는 구멍가게 한 채뿐. 하는 수 없이 가게로 들어가 주인장에게 길을 잃었다고 도움을 청하자 전화를 쓸 수 있게 해주었다. 주인장은 나에게 전화를 건네받아 놀란 엄마를 진정시키고 잘 데리고 있을 테니 걱정 말고 천천히 오라며 자세한 주소를 가르쳐주었다.

"많이 놀랐냐? 너 먹고 싶은 과자 있으믄 암거나 먹어라."

쭈뼛쭈뼛대는 내게 주인장은,

"아따, 그라믄 엄마 오믄 돈 받을랑게. 먹어야."

이런 정다운 말을 건네주셨다. 얼마나 시간이 흘렀을까.

"내가 너 땜에 못산다!"

익숙한 멘트와 함께 엄마가 도착했다. 허리를 연신 굽히면서 그 와중에도 정육점에 들러 끊어온 소고기를 주인장에게 건넸다. 그런데 이쯤에서 확실히 밝혀둘 게 있다. 길을 자주 잃는 건 나 하나만은 아니었다는 사실이다. 엄마도 결코 나에게 뒤지지 않았다. 다른 점이 있다면 나는 비자발적으로 길을 잃었고, 엄마는 자발적으로 길을 잃었다는 것 정도? 뭐, 아주 사소한 부분이다.

새 집에 이사를 가면 엄마는 같은 곳에 가더라도 항상 다른 길을 선택했다. 동네 마트에 갈 때는 A 길로 갔다가, 돌아오는 길에는 전혀 모르는 B 길로 오는 식이다. 그럴 때면 나는 겁이 나서 엄마의 옷자락을 잡아당기며 말했다.

"엄마, 이 길 아니잖아. 저 길로 왔잖아."

"알아! 그냥 한번 가보게."

가본 적 없는 길로 걸어갈 때 엄마의 표정은 뭐랄까, 의연하달까 비장하달까. 여섯 번째 집에 이사 간 지 얼마 안 된 어느 주말이었다. 그 동네에는 오일장이 있었는데 엄마는 나더러 거기에 가보자고 했다. 그날 역시 가는 길과 돌아오는 길이 달랐다. 이제나 그제나 겁쟁이였던 나는, 또 모르는 길을 굳이 찾는 엄마에게 툴툴대며 뒤를 따랐다. 무거운 장바구니를 들고 얼마나 걸었을까. 청량한 초록으로 일렁이는 작은 보리밭이 우리 앞에 펼쳐졌다. 아까 지나온 주택가 뒤편에 꽁꽁 가려진 밭이었다.

"우와, 이것 좀 봐! 이거 뭔 줄 알아? 보리야. 엄마 어렸을 땐 친구들이랑 보리 이삭 구워 먹고 그랬는데!"

입이 댓 발 나왔던 나는 그 말에 귀가 솔깃했다.

"그거… 맛있어?"

눈빛을 주고받은 우리는 그 밭에서 보리 몇 대를 서리했다. 내가 망을 보고 엄마가 재빠르게 보리를 꺾었다. 집에 돌아와 가스불에 보리 이삭을 구웠다. 까맣게 탄 보리를 손으로 비벼 후후 불어 한입에 털어 넣었다. 구수한 맛이 톡톡, 하고 입안에서 터졌다. 길을 잃은 덕분에 내게는 그런 맛에 대한 기억이, 이야깃거리가 하나 더 생긴 셈이다.

길을 잃을 때마다 항상 좋은 길이 나온 것은 아니었다. 막다른 길은 흔하디 흔했고, 가까운 길을 멀리 돌아가는 일도 다반사였다. 하지만 나는 최소한 모르는 길에 들어서는 것을 조금 덜 두려워하게 됐다. 집을 잊지만 않는다면, 멈추지 않고 걷는다면, 언젠가는 집에 도착한다는 것을 알고 있으니까. 혹여 길을 잃더라도, 거기엔 예상하지 못한 어떤 풍경이 나를 기다리고 있다는 걸 기억하고 있으니까.

자취생 아닌데요,
——————— 1인 가구
——————— 인데요

"가족들이랑 같이 사세요?"

"아뇨."

"아, 그럼 자취?"

"아뇨, 그건 아니고요."

"아니… 그럼…?"

"1인 가구예요."

이렇게 대답하면 많은 사람들이 소리내 웃는다. 미처 생각 못 했다는 듯이, 엉뚱하다는 듯이 하하호호. 나도 따라 웃는다. 하지만 궁금하다. 저기, 그게 그렇게 소리 내 웃을 정도인가요?

난 잘 모르겠다. 그래서 항상 설명을 주저리주저리 덧붙인다. "자취생은 주말에 빨랫감 가지고 집으로 돌아가는 대학생에게나 어울리는 단어죠. 저는 서울서 혼자 산 지 벌써 12년인데요. 자취생이라고 하기엔 좀 안 맞는 것 같아서요." 그에 비해 1인 가구들의 반응은 확실히 다르다. 무릎을 탁 치며 "그러네. 나도 그렇게 대답하면 되겠네!" 이러든가 무반응이거나.

네 집 걸러 한 집이 1인 가구다. 1인 가구 비중은 2015년 기준 27.1퍼센트로 2인 가구, 3인 가구, 4인 가구보다도 많다. 하지만 아직도 혼자 사는 건 가족을 이루기 전 잠깐, 피치 못할 사정으로 어쩔 수 없는 상황으로만 인식되는 것 같다. 물론 여전히 그런 상황 때문에 1인 가구인 경우가 많은 게 현실이다. 하지만 이렇게나 많은 사람들이 꽤나 긴 시간 동안 혼자라면, 그 상태를 조금 더 진지하게 인정해줘야 하는 것 아닐까?

같은 맥락에서 1인 가구를 설명하는 말 역시 너무도 빈약하다. 이 수많은 1인 가구들은 다 '자취생'이 아니다. '혼자 산다'는 말도 지금의 1인 가구를 설명하기엔 역부족이다. 그동안 '혼자 사는 것'이 뒤집어쓰고 있던 각종 부정적인 인식 때문인 것 같다. 여하튼 뭐라 딱 꼬집어 이야기는 못 하겠지만 충분치 않은 것만큼은 확실하다.

그래서 나는 '1인 가구'라는 단어가 생겨서 정말 좋다. 사회의 부산물이 아니라 당당한 구성원으로 대접받는 느낌이랄까. 나는 내가 책임지는 내 삶에, 내 손으로 하나하나 가꾸는 내 생활에 자부심을 갖고 있으니까 말이다.

그런데 책임감이니 자부심이니, 이런 기준은 너무 추상적이라 조금 구체적인 체크 리스트를 만들어보았다. 본인이 자취생인지, 1인 가구인지를 판단할 일종의 기준표다. 만약 네 개 이상 체크했다면, 공인받은(?) 1인 가구라고 할 수 있다. 리스트에는 포함시키지 않았으나 본인이 세대주일 것, 월세 등 주거비용과 공과금을 책임질 것 등이 기본 전제다.

1인 가구 체크리스트

☐ 비가 많이 오는 날, 집에 들어가면 몸의 물기를 닦기보단 창문부터 살핀다.*반대로 날씨가 좋은 날, 이불 빨래를 떠올린다면 체크 가능.

☐ 우리 동네 음식물 쓰레기 배출일을 알고 있다.

☐ 아무리 피곤해도 청소를 하고 쉴 때 진정한 평화를 느낀다.

☐ 전등 교체, 페인트칠 등 집수리를 직접 해본 경험이 2회 이상 있다.

☐ 공과금이 지난달보다 적게 나왔을 때 기뻐서 주변에 자랑한 적이 있다.

□ 부모님도 우리 집 비밀번호를 모른다.

□ 고향집에 내 물건이 없다. 쓸데없는 물건이라고 고향으로 보내지 않

는다.*단 앨범 등 추억의 물건은 제외

이런 엄정하고도 조악한 리스트까지 만들고 보니, 나는 대학생일
때도 일종의 '독립부심'이 있었던 것 같다. 서울 부모님 집에서 학
교를 다니는 친구들에게는 "부럽다"고 얘기했지만, 사실 속으론 그
다지 부럽지 않았다. 스무 살이라고 다 어른이냐, 독립해야 진짜 어
른이지, 하며 콧방귀를 뀌었다. (하지만 젊은 친구들, 비용을 생각한다면
부모님 집에 최대한 오래 머물길. 꼭꼭꼭) 또 자취를 하면서도 부모님이
자주 찾아와 집안일을 해주거나 주말이나 방학 내내 부모님 집에
서 생활하는 친구들 역시 진정한 자취인으로 인정하지 않았다. 지
금 생각해보면 웃기는 일이다. 그게 뭐라고! 하지만 그땐 그런 치기
가 있었다. 그런데 사람은 정말 바뀌지 않나보다. 지금도 이런 리스
트나 만들고 앉아 있는 걸 보면….

그래, 1인 가구가 별건가. 혼자 살면 1인 가구다. 그렇긴 해도 난
좀 자기 생활을 사랑하는 1인 가구가 늘어났으면 하는 소망이 있
다. 혼자 살면 지지리 궁상이라는 오해가 조금 불식될 수 있도록 말

이다. 그리고 그 오해를 푸는 건 엄청 대단한 성취가 아니라 하루하루 평범하게 살아내는 것이라는 점도 알아줬으면 좋겠다.

자취생이든 혼자 사는 사람이든 1인 가구든 뭐라 부르든지 간에, 우리나라의 1인 가구는 계속 늘어날 추세다. 2020년이면 인구의 3분의 1인 30퍼센트에 육박할 것이라는 예측이 나와 있다. 지나치게 높은 거 아닌가 싶겠지만 우리나라보다 1인 가구 비중이 더 높은 국가는 얼마든지 있다. 복지제도가 발달한 북유럽 국가들이다. 노르웨이는 40퍼센트, 스웨덴은 무려 47퍼센트에 달한다. 일본도 30퍼센트로 현재 우리나라보다 높다. 1인 가구가 절반에 가까운 사회는 과연 어떤 모습일까? 그들은 혼자서 어떻게 살아갈까? 궁금하다. 그리고 그런 나라에서 "안녕하세요, 전 한국에서 왔고요, 1인 가구입니다." 이렇게 날 소개하면 과연 어떤 반응일까?

어른에겐 ——— 베란다가 ——— 필요해

"집순 언니, 왜 한국 집엔 베란다가 두 개씩이나 있어?"

중국인 친구 쉔잉으로부터 이런 질문을 받았다. 약 2년 전 추석, 우리 집에 쉔잉을 초대한 적이 있는데, 가는 집마다 베란다가 앞뒤로 붙어 있어서 신기했던 모양이다.

"유용해. 빨래도 널고, 세탁기도 놓고, 식물도 키우고."

"그래도 한쪽만 있으면 되지 않아? 공간 낭비인 것 같은데? 중국은 대부분 베란다가 하나거든."

"음… 베란다가 양쪽에 있으면 통풍이 잘 된다더라고."

대답을 하긴 했지만 쉔잉은 여전히 고개를 갸웃거렸다. 나도 속 시원한 설명이 떠오르지 않았다. 그래도 쉔잉, 쓸모없어 보이는 그 양쪽 베란다는 우리 엄마의 평생 소원이었단다….

복도식 아파트는 베란다가 한 쪽에만 있다. 엘리베이터를 사이에 두고 두 집이 있는 계단식 아파트만이 베란다가 두 개다. 20년 가까이 복도식 아파트에 살았던 엄마는 이사할 때 계단식 아파트를 원했다. 처음엔 소음이나 프라이버시 때문인가 싶었는데, 나중에 알고 보니 베란다 때문이었단다. 솔직히 나도 베란다가 하나면 됐지, 두 개까진 무슨 소용인가 싶었다. 그래도 일단 베란다가 하나 더 생기니 없던 쓸모도 생기더라. 주방 쪽 베란다는 세탁실 겸 식재료 보관소로 활용하고, 거실 쪽 베란다는 빨래를 널거나 식물을 기르는 작은 화단으로 이용한다.

아파트에서 원룸으로 잠시 시선을 돌려보면, 양쪽 베란다는 고사하고 베란다 비슷한 공간도 언감생심이다. 진정한 권력이란, 하고 싶은 것을 다 하는 게 아니라 하기 싫은 것을 거부할 수 있는 거라는 얘기를 들은 적이 있다. 그런 관점에서 보면 원룸은 권력의 최하층에 있는 집이라고 할 수 있다. 화장실도, 설거지감도, 빨래도, 재활용품도 다 한눈에 담고 살아야 하니까. 도무지 뭐 하나 거부할 수 있는 게 없다. 작은 베란다나 창고라도 있으면 좋겠지만 대학가에 가장 흔한 원룸이 4평, 크다고 해도 7평이다. 거기에 싱크대, 화장실을 만들고 나면 베란다를 뚫을 여지 따위가 있을 리 없다.

그래서 자취하는 친구 집에 놀러 가면 가장 익숙한 풍경이 방 한가운데 펼쳐진 빨래 건조대다. 나 역시 밤엔 침대에 걸터앉아 빨래를 널고, 아침엔 섬유 유연제 향기와 함께 잠에서 깨어났다. 빨래가 금방 마르는 건조한 가을이나 겨울은 그나마 양반이다. 여름엔 정말이지 심란하다. 어떤 순도 100퍼센트짜리 금손을 데려다 감성이 철철 흘러넘치는 인테리어를 해도, 건조대 한번 펼치면 곧바로 인생극장 다큐멘터리가 된다. 자기가 집주인인 양 위풍당당한 알루미늄 빨래 건조대를 피해 앉아, 친구들과 날이면 날마다 그런 얘길 했다. "베란다가 삶의 질에 이토록 지대한 역할을 하는지 몰랐어." 현재 베란다 없는 집에 거주 중이신 이모할머니는 우리 집 베란다를 부러워하시며 이런 명언을 남기셨지. "파 한 단 사와도 놓을 데가 없다니깐. 그래도 내가 어른인데 베란다가 없어서야, 원." 그렇다. 품위 있는 어른에게 베란다는 필수인 것이다.

비단 자취생의 얘기가 아니다. 1인 가구를 위한 집에 베란다가 달린 곳도 정말, 정말 희귀하다. 원룸도 원룸이지만 오피스텔은 도대체 빨래를 어떻게 너나 싶다. 베란다가 없을뿐더러 창문이 안 열리는 곳도 부지기수다. 전에 마음이 살짝 움직였던 오피스텔이 있었다. 번화가 지하철역에서 걸어서 5분 거리이고 복층 구조였다. 가격이 비싸긴 했지만 도전해볼 만했다. 그런데 그 멋진 복층 계단에 양말이 줄줄이 널려 있는 걸 봤다. 그제야 창문 쪽으로 시선을 돌렸다. 한쪽 벽이 다 창문인데 열리는 건 거의 없었다. 저 양말들, 어느 세월에 마를까…. 요샌 아예 주거용으로 만들어서 아파트와 다름없는 오피스텔도 있다지만, 여전히 내겐 오피스텔이 집으로 느껴지지 않는다.

상황이 이러니 내가 열네 번째 집에 베란다가 있는 것을 봤을 때 얼마나 기뻤겠나. 너무 좋아하면 혹시 계약에 불리할까봐 마음을 진정시키고 부동산으로 가는데, 하늘을 나는 것 같았다. 물론 그 기쁨은 베란다 누수가 심해 야외나 다름없다는 것을, 아니 야외보다 못하다는 것을 깨닫기 전까지였다. 이사한 지 일주일쯤 지났을까. 시원하게 내리던 여름비가 내 마음은 물론 내 빨래까지 촉촉하게 적시는 장면을 봤을 때, 무너지던 내 억장. 속도 없이 빗물 고인 창틀에서 무성하게 자라나던 녹조류….

그래도 다음으로 이사 온 지금 집엔 그나마 쓸 만한 베란다가 있었다. 여기도 사실은 30퍼센트쯤 야외이긴 하다. 새시가 오래돼 벽에서 들떴기 때문이다. 비바람이 심한 날이면 베란다에 내놓은 나의 사랑하는 운동화들을 고이 안쪽으로 모셔온다. 하지만 폭우가

치는 몇 날을 제외하면 베란다는 제 역할을 톡톡히 해낸다. 당연히 가장 유용한 건 빨래 건조다. 길다란 빨랫줄이 설치돼 이불도 탁탁 펴 말릴 수 있다. 비 오는 날엔 우산을 펴둘 수 있고, 분리수거 쓰레기 보관 장소 역할도 한다. 볕도 나쁘지 않은 편이라 어둠에 지친 초록이 친구들의 요양 장소로도 활용된다. 베란다 바로 밖엔 꽤 굵은 나무가 우거져 있어 반투명한 베란다 유리를 통해 보면, 마치 산속에 있는 것 같은 초록을 즐길 수 있다. 날이 좋을 땐 창문을 슬쩍 열고 식탁에 앉아 바람에 일렁이는 이파리들을 감상한다. 물론 그 우거진 나무 덕분에 여름엔 시커먼 산모기에 헌혈 수준으로 피를 빨리고 있지만, 이 세상에 대가 없이 얻을 수 있는 건 없으니까….

그런데 내겐 그토록 간절했던 베란다가 요즘엔 어째 제대로 대접을 받지 못하는 것 같다. 신축 아파트엔 통째 베란다가 사라지고 있고, 기존 아파트에 있는 베란다도 없애는 게 유행이다. 얼마 전, 이모네가 신축 아파트로 이사해서 집 구경을 갔는데, 정말로 베란다가 눈에 띄지 않았다. 알파룸이니 드레스룸이니 하는 각양각색의 방을 들락날락거리고 나서야 작은 방에 달린 발코니를 발견할 수 있었다.

베란다를 확장한 사람들이 워낙 늘어서 덩달아 늘어나는 게 빨래 건조기 수요다. 베란다 공간이 줄어 빨래 널 곳도 작아졌을 뿐만 아니라 장마철엔 비가 많이 와서, 봄이나 겨울엔 미세먼지 때문에 창문 열기가 쉽지 않아서라고. 확실히 식구가 많으면 베란다에 빨래 말리는 것도 쉽지는 않다. 하지만 1인 가구인 나는 아직까진 볕 좋은 날, 널따란 베란다에 빨래를 널어 말리고 "빨래 끝!"을 외치는 그 기분을 조금 더 누리고 싶다.

1초 만에
──────── 서울의
──────── 민낯을 보는 법

거리 쪽은 그렇게 재미있지 않지만, 이렇게 위를 올려다보면 예
술적인 건물이야. 멋지지 않아?

-영화 〈500일의 썸머〉 중에서

영화 〈500일의 썸머〉에는 건축가를 꿈꿨지만 현실은 카드 문구
를 만드는 회사의 직원인 주인공 톰이 등장한다. 톰은 사랑하는 썸
머에게만큼은 자신이 눈여겨봐온, 도시의 숨은 아름다움을 보여주
고 싶어 한다. 썸머와 함께 길을 걷던 그는 평범한 식당과 잡화점으

로 가득한 거리에서 시선을 조금만 올려보라고 조언한다. 단지 고개를 조금 들었을 뿐인데, 거기엔 섬세한 조각과 기하학적인 구조가 마치 마법처럼 드러난다.

이 영화를 본 이후, 나도 거리를 걸을 때 건물 위쪽으로 종종 시선을 옮긴다. 내 옆엔 조셉 고든 레빗도 없고, 고개가 꺾어져라 쳐들어봤자 멋들어진 조각 같은 것도 없다. 하지만 그런 멋진 것이 아니라도 만족한다. 도시를 즐기는 새로운 방법이 하나 더 생겼으니까.

빌딩의 '1층'은 뻔하다. 커피숍 아니면 화장품 가게, 그것도 아니면 은행 정도? 하나같이 환하고 친절하고 향기로운 곳들이다. 하지만 '2층'부터 시작되는 도시의 얼굴은 조금 다르다. 내가 자주 다니는 종로 거리를 예로 들면, 학원과 성형외과처럼 '2층' 하면 비교적 쉽게 떠오르는 업종부터 철학관이나 기체조, 보석 감정원처럼 쉽게 볼 수 없는 곳들이 나타나기 시작한다. 그리고 의외로 많았던 것은 각종 협회와 인력 사무소. 빌딩의 위쪽을 주욱 훑다보면, 세상엔 정말 없는 협회가 없구나 싶다. 하긴 '한국가위바위보협회'도 있다니 말 다했지.

건물의 2~3층을 관찰하다 발견한 건데, 인력 사무소에도 종류가 많다. 건설 현장 인부나 가사 도우미처럼 익숙한 것부터 일식 요리사나 양식 요리사 등 업종에 특화된 곳들도 심심치 않게 보인다. 오래된 건물엔 주산학원이나 다방처럼 이제는 잊혀져가는 간판들도 간간이 눈에 띈다. 빌딩의 상층, 거기엔 지금 사람들의 솔직한 욕망, 그리고 아직은 새로운 시대보다 과거가 익숙한 이들의 속마음이 낱낱이 적혀 있는 듯하다.

3층에서 4층, 4층에서 5층으로 올라가면 올라갈수록 간판이 달린 곳마저도 확연히 줄어든다. 번화가에서 조금만 벗어나도 상가 건물의 위층엔 가정집이 꽤 있다. 창문에 커튼을 드리운 것을 보면 그곳이 누군가의 보금자리임을 쉽게 짐작할 수 있다. 집도 아니면서 간판도 없는 곳들 또한 적지 않다. 거기에선 누가 무엇을 하고 있을까? 비어 있으려나? 그렇다면 얼마나? 기왕 비워둘 거면 나 주면 안 되나?

예고 없던 비가 추적추적 내리던 어느 날 밤이었다. 회식 2차로 낙점된 노래방 앞에서 선배가 담배를 꺼내 물었다. 노래방에 조금이라도 늦게 들어갈 심산으로 나도 그 옆에 섰다. 후우- 흰 연기를 뿜으며 저 먼데를 물끄러미 바라보던 선배가 입을 뗐다.

"집순아, 저거 보여 저거?"

선배가 어떤 건물의 2층을 가리켰다.

"뭐요? ○○상사?"

"응."

"저게 왜요?"

"내가 수년째 저길 보고 있거든. 근데 아무래도 국정원의 비밀 사무실인 것 같아."

"네? 그냥 장사 안 되는 평범한 회사 같은데…"

"그게 포인트지. 이렇게 땅값도 비싼 곳에 장사 안 되는 평범한 상사가 수년째 있을 수 있겠어. 저기에 사람 왔다 갔다 하는 걸 본 적이 한 번도 없다고."

"그런가요? 국정원에서 저런 후진 사무실을 이용하기도 하나보죠?"

"그럼, 위장을 위해서 오히려 낡아 보이는 걸 선호하지."

처음엔 허무맹랑하다고 생각했는데 자꾸 듣다보니 뭔가 음모가 가득한 곳 같아 보이기도 했다…. 건물 2층, 너 참 많은 사람에게 도시의 소소한 즐길거리를 주고 있었구나. 딱 1초면 된다. 1초면 도시의 민낯을 보는 것부터 무한한 상상의 나래를 펼치는 것도 전부 가능하다.

고요를 ———— 충천하는 ———— 사람들

"TV가 없어서 어쩐대냐. 엄마 새벽에 일찍 일어나는데…."

"저어… 근데 집순아, 너 혹시 TV는 뭘로 봐?"

어른들이, 가족들과 함께 살고 있는 친구들이 우리 집에 와서 가장 어쩔 줄 몰라 하는 것. 그건 바로 TV가 없다는 점이다. 하나같이 "이런 아무것도 없는 집에서 대체 뭘 하고 지내는 거냐"며 궁금해하고, 멋대로 안쓰러워하기도 한다. 나는 말없이 그들의 손에 아이패드를 쥐어주고, 넷플릭스와 올레TV 앱 켜는 법을 상냥하게 알려준다. 그럴 때마다 나는 TV가 얼마나 대단한 발명품인지를 새삼 깨닫곤 한다.

TV없이 산 지 어언 12년이다. 덕분에 내 일상은 고요하다. 집에 있는 시간엔 라디오를 듣긴 한다. 책을 읽을 때나 글을 쓸 때 집중이 안 되면 익숙한 음악을 작게 틀어놓거나 빗소리 같은 백색소음 음원을 듣는다. 그런데 요샌 그것마저 약간 줄였다. 특히 멍 때리고 쉴 때엔 아무 소리도 없는 게 가장 좋다. 요즘 같은 시대엔 이 고요함이란 게 어찌나 드물고도 귀한지, 하루 온종일 온갖 소리에 시달리고 나면 불 꺼진 조용한 집이 나를 기다리고 있다는 게 얼마나 큰 위안이 되는지 모른다. 나 없는 동안 충직하게 집을 지키고 있던 어둠과 고요는 매일 밤 문을 열 때마다 들릴락말락한 목소리로 이렇게 속삭이는 듯하다. '이제 다 괜찮아요. 집에 왔으니까.'

물론 나라고 처음부터 조용한 집이 익숙했던 것은 아니다. 독립하기 전엔 집에 들어가면 리모컨부터 찾았을 만큼 TV 중독자였다. (지금도 사실 TV를 사면 집 밖에 아예 나오지 않을 것 같아서 참고 있는 중이다.) 그런데 서울에 올라와 집을 구하다보니, 옵션에 TV가 있는 집이 드물었다. 그때만 해도 모바일이나 온라인으로 TV를 보는 게 요즘처럼 편리하지도 않았고. 어쩔 수 없이 TV 없는 일상을 받아들여야만 했다.

일과를 마치고 밤에 들어가는 날이면 그나마 괜찮았다. 씻고, 하루를 정리하면 금방 잘 시간이었다. 그런데 낮엔 정말로 딱히 할 일이 없었다. 책을 읽는 것도 몇 페이지, 영화를 보는 것도 한두 편이었다. 곧바로 들어가기 애매한 해 질 녘이면, 목적 없이 학교를 산책하기도 하고, 살 것도 없으면서 상점가를 둘러보기도 했다. 다른 새내기 친구들도 수업이 끝나면 당구장으로, PC방으로, 그러다 해가 지면 술집으로 향했다. 새로 사귄 친구들과 어울리고 싶은 마음도 있었겠지만, 나도 그들도 집의 고요를 이기지 못했기 때문이 아니었을까? 돌이켜보면 그런 생각이 든다.

그토록 어색하고 이질적이던 것도 세월이 흐르고 나면 익숙하고, 심지어 고마운 것이 되기도 한다. 그리고 이런 사람은 나뿐만이 아닌 것 같다. 요즘 느끼는 또 하나의 변화가 바로 주변에 1인 가구의 고요함을 부러워하는 사람이 부쩍 늘었다는 점이다. 가사와 육아에 지친 유부남녀들은 물론이고, 아직 부모님과 함께 살고 있는 친구 하나도 "서울에 어디 모텔이라도 잡고 혼자 처박히고 싶다"고 하소연을 한다.

친구의 넋두리를 들으며 《19호실로 가다》라는 소설을 떠올렸다. 소설엔 자신만의 공간과 고요를 간절히 원했던 한 여자가 등장한다. 그녀는 처음엔 집에 자신의 방을 따로 만들어 자기만의 시간을 보낸다. 하지만 아이들과 남편이 드나들기 시작하면서 방의 의미는 퇴색하고 말았다. 나중엔 허름한 호텔에 방을 빌려 남몰래 있다가 돌아온다. 여기가 바로 19호실이다. 훗날 자신만의 19호실을 남편에게 들키고 만 주인공은, 결국 그곳에서 자살을 택한다. 드라마 〈이번 생은 처음이라〉에서 이 소설이 소개되는 장면을 보고 크게 공감했던 기억이 난다.《세계페미니즘단편선》에 수록된 작품이지만, 남녀를 막론하고 많은 현대인들이 동조할 만한 스토리가 아닌가 싶다. 실제로 요즘엔 소설 속 주인공처럼 집이 있으면서도 고시원이나 오피스텔에 방을 빌려 자신만의 고요를 충전하는 사람들이 꽤 있는 듯하다. 불과 몇 년 전만 해도 금요일에 곧장 집에 들어간다고 하면 사람들이 혀를 차던 게 너무도 아득한 먼 옛날의 이야기 같다.

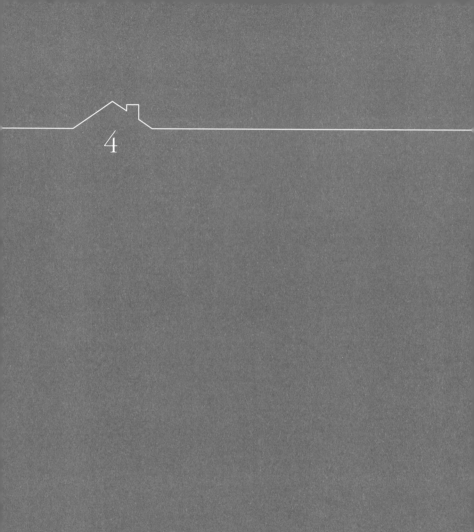

4

내 집은 아니지만
내가 사는 집입니다

내 삶은

───────── 임시가

───────── 아니니까

"아니, 대체 언제까지 공사를 하는 거예요! 나 원 참, 밤낮 시끄러워서 살 수가 있나!"

항의하는 여자가 안고 있던 하얗고 작은 강아지도 화가 난 듯 캉캉 짖어댔다고 한다.

"아주머니, 정말 죄송합니다. 최대한 조용히 해달라고 공사하시는 분들께 부탁드릴게요. 그래도 많이 시끄러운 공사는 대부분 마무리가…"

"그러니까 다 망해가는 집에 뭐 하는 짓이냐고요!"

이 이야기를 할 때면 가족들은 언제나 박수를 치며 깔깔댄다. 작은삼촌네가 80년대에 지어진 작은 맨션을 수리할 때 있었던 일이다. 재개발이 된다는 소문이 10여 년째 무성만 했으니 사실상 기약 없는 풍문인 셈이었다. 오랜 기다림 끝에 작은 삼촌은 전면적인 집수리를 결정했다. 낡아도 낡아도 그렇게 낡은 집은 참으로 오랜만이었다. 언제 적 평균 신장을 기준으로 만들었는지 방문이 너무 낮아서, 그렇지 않아도 키가 2미터에 가까운 사촌 동생들은 방을 드나들 때마다 허리를 숙여야 했다. 아침에 일어나 반쯤 뜬 눈으로 화장실에 나설 때면 이마를 찧는 일도 다반사였다. 방과 베란다, 화장실의 높낮이가 다 달라서 화장실에 들어갈 땐 작은 다락방에 올라가는 기분이었다. 보일러도 너무 오래돼 아무리 꽁꽁 싸매도 춥다고 동생들의 원성이 자자했다.

살 만한 집으로 만들려고 하니 자연스레 대공사가 됐다. 바닥을 뜯어서 보일러를 다시 깔고, 외벽을 뚫다시피 해 베란다 새시를 들어냈기 때문이다. 주변 주민들의 소음 스트레스가 심할 만도 했다. 아무리 그래도 그렇지 '다 망해가는 집'이라니. 자기도 거기에 살고 있으면서…. 대대적인 수리를 거쳐 삼촌네 집은 망해가는 집이 아니라 신혼부부가 살아도 될 만큼 화사하고 따뜻한 집이 됐다. 수리가 끝난 지 벌써 1년. 삼촌네 가족들은 편안한 집에서 행복하게 살고 있다. 아직도 다 망해가는 집에 살고 있을 그분은… 글쎄?

최근 인테리어에 대한 관심이 높아지면서 돈을 들여서라도 생활 환경을 아름답게 가꾸고자 하는 분들이 많다. 하지만 여전히 집 꾸미기는 사치라고 여기는 사람들도 적지 않은 것 같다. 그것도 내 집이 아니라 전셋집이라면 더욱 그렇다.

열네 번째 집은 내가 마련한 첫 전세였다. 7평짜리 원룸이었는데 천장이며 벽 곳곳에 물이 새 벽지가 얼룩덜룩했다. 게다가 보증금의 약 65퍼센트는 은행 빚. 하지만 나는 내 힘으로 전세를 구했다는 사실이 너무나 자랑스러웠다. 마치 그 집이 애초에 나를 위해 지어지고, 오직 나만을 기다리고 있었던 것 같은 애틋함마저 느껴졌다.

첫 전셋집을 장만했다는 기쁨에 인테리어 욕심도 샘솟았다. 적어도 개나리색 장판과 빛바랜 벽지만 바꾸면 정말 훌륭할 것 같았다. 집주인에게 교체를 요청했으나 멀쩡한 걸 왜 바꾸냐며 당연히 거절. 벽지와 장판 모두 교체할 경우, 비용이 200만 원에 육박해 장판은 포기하고 벽지만 바꾸기로 했다.

"안녕하세요, 아저씨. 저 도배하려고요."

"몇 평이에요?"

"7평요. 전세예요."

"아이고, 남의 집에 뭐 하러 돈 들여."

세상에 이토록 내 돈을 걱정해주는 사람이 많다니. 나는 자신의
수입을 포기하고 나의 돈을 걱정해주는 아저씨의 이타심에 탄복하
며 벽지를 골랐다. 내가 찾는 벽지는 콘크리트를 연상시키는 회색
벽지였다. 때는 2015년, 북유럽 인테리어의 유행이 극에 달했을 때
였으니까.

"회색? 회색 벽지는 없어. 벽에 누가 그런 색을 발라요. 이런 거.
이런 게 이쁘지 않아요?"

세상에 이토록 이쁜 벽지가 있었을 줄이야. 흰색 바탕에 잔잔한
장미 무늬가 엠보싱으로 박힌 그 벽지는 너무 예뻐서 도저히 내 누
추한 집에 바를 엄두가 나지 않았다.

"아저씨, 여기 회색 벽지 있는데요? 보세요."

도배집에 동행한 나의 친구 리꼬가 먼지 쌓인 두꺼운 샘플 벽지
책자에서 무늬 없는 연회색 벽지를 찾아냈다. 나랑 리꼬는 너무도
기뻐서 날뛰는데, 아저씨는 자기가 먼저 못 찾아서인지 기분이 좋
지 않아 보였다. 그리곤 나에게 70만 원을 달라고 하셨다. 70만 원?

아저씨가 내 돈을 걱정하신 이유가 다 있구나…. 하지만 내 마음속 정답은 이미 정해져 있었다. 그렇게 열네 번째 집은 회색 벽지 하나로 북유럽풍 모던 심플 콘셉트의 원룸이 됐다.

아이러니하게도 이 열네 번째 집에서 채 2년을 채우지 못하고 쫓겨났다. 하지만 정말로 조금의 후회도 없다. 1년 반 동안 정말 행복하게 살았기 때문이다. 예쁘게 꾸민 집을 보여주고 싶어 친구들을 부지런히 초대해 즐거운 시간을 보냈다. 혼자 있어도 좋았다. 남의 집에 임시로 사는 게 아니라 여기가 정말 내 집이구나 하는 생각에.

쫓겨나 이사 온 열여섯 번째 집은 도무지 정이 가지 않았다. 얼룩덜룩한 벽지는 그렇다 쳐도 장판이 너무 울어서 방 한가운데가 기다랗게 불룩했다. 현관문을 열자마자 보이는 싱크대는 촌스러운 대리석 무늬에 높이는 내 골반보다도 낮은 구식이었다. 물론 집주인은 그중 어느 하나도 교체해주지 않겠다고 했다. 집의 첫인상인 싱크대만이라도 어떻게 해보자는 생각에 아이보리색 페인트 한 통을 사다가 발랐다. 날벌레 시체 때문에 가운데가 시커메진 전등도 새것으로 바꿔 달았다. 그렇게 한동안 구석구석 손보고 나니 집과 조금은 친해진 느낌이 들었다.

언제 떠날지 모르는데 뭘. 나 역시 이런 생각 때문에 항상 '임시'로 살아왔던 것 같다. 허름한 플라스틱 서랍과 여행용 식기 같은 것들을 가지고 이사에 이사를 거듭하다 정신을 차려보니, 10년이 지나가 있었다. 그러다 문득 이런 서러움이 밀려왔다. 나의 언젠가는 언제 오는 건데?

그래, 이제는 임시로 살지 않으리라. 그런 다짐으로 작은 부분이라도 집을 고치고 가꾸기 시작했다. 여전히 남의 집이라 아깝다는 생각도 든다. 하지만 이제는 똑같이 2년을 살면서도 임시 인생을 산다는 슬픈 생각은 하지 않는다. 그것만으로도 나는 대만족이다.

내 소유가 아니어도 이곳은 내가 사는 내 집이고, 비록 임대라 할지라도 이곳에서 풀어가는 내 삶은 결코 임시가 아니다.

신흥
——————— 가겟집

　내가 어릴 때 동네 슈퍼는 대부분 가겟집이었다. 미닫이문을 열고 들어가면 물건을 진열한 작은 슈퍼 공간이 나오고, 미닫이를 하나 더 열면 방이 나오는 그런 구조. 이런 덴 계산대랄 게 따로 없다. 손님이 들어오면 주인이 방에 앉은 채로 손님을 맞는다. 계산을 하려고 돈을 내밀면, 주인은 여전히 방에 앉은 채로 방 모서리에 있는 현금통에서 잔돈을 거슬러준다. 겨울엔 심지어 방에서 이불을 덮고 있다. 마찬가지로 손님이 와도 이불 밖으로 나오는 법이 거의 없다. 물론 집을 따로 두고 가게를 보는 동안만 방에서 생활하는 경우도 있겠지만, 이런 가겟집은 대개 집과 가게 두 개를 모두 유지하기 힘든 사람들의 선택이었을 것이다.

추억 속 가겟집을 보기 어려워진 지도 오래다. 그런데 요 몇 년 새 '신흥 가겟집'을 발견했다. 오랜만에 지인을 만나러 광주에 갔을 때다. 한 유흥가에서 그를 만나기로 하고 장소를 검색하는데, 예쁜 와인바가 눈에 들어왔다. 매장은 좁았지만 인테리어와 안주가 훌륭해 보였다. 술을 마시기에는 조금 이른 시간이었지만 마땅히 갈 데도 없어 와인바로 직행했다. 하지만 문이 잠겨 있었다. 돌아서려는데 문 안쪽에서 흐릿한 불빛이 새어 나오는 것이 보였다. 혹시나 하고 문을 밀자 의외의 풍경이 펼쳐졌다. 가게 바닥에 스태프로 보이는 청년 두세 명이 자고 있었던 것이다.

때는 12월, 추운 날씨에 바닥에 겨우 은박 돗자리 하나를 깔고 선풍기처럼 생긴 히터를 튼 채 잠에 빠진 청년들. 나는 놀라 얼른 문을 닫았다. 그냥 피곤해서 잠깐 쉬는 걸까. 아니면 여기서 사는 걸까. 젊은 사람들이 보증금을 모아 가게에 투자하고 매장에서 숙식을 해결하는 청춘 드라마? 머릿속에서 각종 스토리들이 빠르게 전개됐다. 그날, 와인바를 선택한 것은 술 한 병을 내가 들고 갔기 때문이었다. 지인은 "이런 가게에 술을 들고 가는 건 실례"라며 다른 곳에 가서 맥주나 마시자고 했다.

이보다 몇 년 전에는 한 독립서점 주인과 대화를 나눌 기회가 있었다. 세련된 디자인 책자와 독립 잡지가 센스 있게 배치된 공간은 젊은 사람들로 북적였고 아름다웠다. 주인장은 "그냥 서점인 줄 알고 들어오시는 어르신들도 있어요. 한번은 어떤 노부부가 매장을 둘러보더니 안쓰러운 눈빛으로 고생이 많다고 하시더라고요. 우리가 어떻게 사는지 보이니까" 하면서 멋쩍게 웃었다. 나는 그때 그게 무슨 말인지 몰랐다. 한참이 지나서야 서점에 놓인 싱크대와 식탁, 책장들 사이에 있던 손잡이 달린 널찍한 판자가 기억났다. 그 판자는 일종의 접이식 침대였다. 그들은 거기 살고 있었던 것이다.

글쎄, 궁색하고 짠하다고 생각할 수도 있겠지만, 난 그런 그들이 조금 부러웠다. 정말 하고 싶은 게 뭔지 아는 사람들이니까. 또 용감하게 하고 싶은 일을 선택한 사람들이니까. 그들도 때로는 치사하고 착잡한 일들이 많겠지. 하지만 30대 중반을 바라보면서도 여전히 내가 뭘 원하는지 모르는 나 같은 사람 입장에선 그냥, 그저, 마냥 부러웠다.

신흥 가겟집들, 조용히 응원할게요.

마지막 ———— 방

무슨 말을 어떻게 적어야 할지 모르겠다. 하지만 뭐라도 쓰지 않으면 안 될 것 같아서….

몇 년 전 초여름, 출근을 하려고 계단을 내려오는데 아래층 집의 문이 열려 있었다. 낯선 사람 두 명이 방 안에 서 있었고, 그들의 시선은 바닥에 누운 할아버지를 향해 있었다. 할아버지는 옆을 응시한 채로 누워계셨는데, 많이 아프신지 미동조차 없었다. 너무 아파서 119에 전화하셨나? 건물 밖으로 나왔는데 건물 앞에 구급차가 아닌 경찰차가 세워져 있었다. 그제야 알게 됐다. 이게 말로만 듣던

'고독사'라는 걸.

밤에 이불을 덮고 누우면 가끔은 두려움이 밀려온다. 이렇게 자다가 갑자기 죽으면 어떻게 될까? 불 꺼진 방 안에서 혼자 맞이하는 죽음. 그건 아마 세상에서 가장 깊고 묵직한 '고요'일 것이다. 짐작조차 할 수 없을 만큼 쓸쓸하고 또 괴로울 것만 같다. 하지만 생각해보면 어차피 죽음은 오직 혼자 감당해야 하는 것 아닌가, 하는 반문이 든다. 이런 고민을 하다보면 어느새 잠 속으로 툭 떨어진다.

많은 사람들이 병원에서 마지막을 맞이하는 요즘이다. 하지만 여전히 자신의 방에서 죽음과 단둘이 마주하는 사람들이 있다. 대부분 슬픈 이야기다. 올 한 해, 수많은 죽음 가운데 내 마음속 깊숙이 들어온 사건 몇 개가 있다. 수개월 전 자살로 생을 마감한 한 사업가와 빗물에 익사한 90대 노인의 죽음이다. 이 사업가는 책도 쓰고, 인터뷰도 많이 한 성공한 인물이었다. 업계의 '신화'로 불리며 일반인들에게도 이름이 널리 알려졌었다. 그가 운영하던 업체가 도산 위기에 놓였다는 뉴스가 나온 지 얼마 되지 않아 그의 부고가 들려왔다. 사인은 자살. 약속이나 한 듯 그가 젊은 나이에 거둔 성공 스토리에 관한 기사가 쏟아졌다. 그러나 정작 나의 눈길을 끈 것은 이 사업가가 살던 집이었다.

TV에 나온 그의 집은 강남 모처에 있는 빌라. 연예인이 살 법한 고급 빌라가 아니라 그냥 내 동생이나 친구들이 살던 평범한 원룸 중 하나였다. 그 집에 살면서 사업을 일으키고, 회사를 살릴 자금을 백방으로 수소문했을 그는, 결국 그곳에서 목을 맸다. 전국 도처에 그가 몸담았던 브랜드의 매장이 없는 곳이 없었지만, 그의 쉴 곳은 그 방 한 칸이었다.

지난 여름, 수도권에 쏟아진 폭우로 익사한 90대 할아버지는 반지하에 살고 계셨다. 몸이 아파 거동이 힘들었던 할아버지는 할머니가 1층 주인집에 도움을 구하러 간 그 잠깐 사이, 방에 들어찬 빗물에 익사했다. 한평생 반지하를 면하기 어려웠던 그 가난은 대체 얼마나 끈질긴 것이며, 그래서 벌어진 이 죽음은 또 얼마나 비극적인지를 곱씹고 또 곱씹었다. 이들 노부부에게 '지상층'은 어떤 의미였을까.

지상 어디에서도 자신만의 안식처를 찾지 못했던 이들이 부디 하늘에서는 평화를 찾았기를 진심으로 기도한다.

집을
——————— 버리다

과거의 집 그리고 미래의 집에 대한 생각이 나를 갉아먹을 땐 종종 너를 떠올려. 서른도 안 된 어린 나이에 집을 버린 너. 이렇게 너에 대한 글을 쓰는 게 폐가 될까? 조금 걱정되지만 그래도 꼭 하고 싶은 말이 있어 몇 자 적는다.

"너, 마음 속 이야기 남들한테 잘 안 하지?"
술을 홀짝이며 그녀가 물었다.
"묻지도 않은 걸 일부러 얘기하진 않지. 근데 왜 그렇게 생각해?"

나는 선선하게 대답했다.

"내가 관상을 좀 보거든."

신기한 사람. 그녀와 단둘이 대화를 한 건 그때가 처음이었다. 알게 된 지 얼마 안 돼 서로 이름밖에 아는 게 없었는데, 마치 오래 알고 지낸 사람처럼 뭔가 특별하게 여겨졌다. 나이가 같아서인가. 그녀는 엄마가 안 계시고, 나는 아빠가 없어서였을까. 그것도 아니면 이름이 같아서였나. 잘 모르겠다. 이유야 어쨌든, 그날 그녀와 참 많은 이야기를 나눴다. 처음 대화를 나누는 사이에 하기 어려운 개인적 이야기를 우리는 담담하게 꺼내놓았다.

"근데 그거 알아? 스님이 나한테 중 팔자라면서 절에 들어오라고 했었다?"

그녀가 또 입을 뗐다.

"정말? 그런 걸 어떻게 알지? 아! 스님 하니까 생각났다. 나, 이런 꿈꾼 적 있어. 새벽에 법당에서 마룻바닥에 이마를 대고 절을 하는 꿈. 사방이 고요한데 종소리가 댕- 울리면서 머리가 맑아지는 것 같더라고. 그러면서 깼어."

"야! 그거 우리 스님이 들으시면 너 절에 들어오라고 할 꿈이다!"

머지않아 졸업이었다. 학생일 때도 자주 연락한 것은 아니었지만, 졸업 이후 아예 연락이 끊어졌다. 생각지도 못하게 그녀와 다시 인연이 이어진 것은, 뜻밖에도 일 때문에 찾아간 어느 대학교 교정에서였다. 그곳에서 직원으로 일한다던 그녀는 표정이 어두웠다. 앞으로 어떻게 살아가야 할지 선택의 기로에서 고민에 잠겨 있었다. 아는 스님을 찾아가 고민 상담도 해봤지만 잘 풀리지 않는다고 …. 예전, 술집에서 그랬던 것처럼 그날도 그녀는 내 얼굴을 찬찬히 뜯어보았다. 하지만 별다른 이야기는 하지 않았다. 아, 얼굴이 조금 변했다고 말했던 것도 같다. 그리고 그녀는 또다시 연락을 두절했다. 수년 후에 아는 선배를 통해 듣게 됐다. 그녀가 나뿐만 아니라 모든 것과 인연을 끊고 절로 들어갔다는 이야기를.

친구, 잘 지내?

함께 술잔을 기울였던 그날, 네가 내 얼굴을 들여다보며 이런 말 했던 거 기억나?

"너처럼 강한 사람은 이제껏 처음 봐."

조용하지만 분명하게, 이렇게 말했었어. 지치고 힘들고 모든 걸 포기하고 싶을 때면 문득문득 그 말이 떠오르더라. 그런데 그거 네가 잘못 본 거야. 실은 나도 한때 내가 강한 사람이라고 착각했었어. 근데 조금 더 살아보니까, 나는 그냥 나약하고 힘없는 사람이더라고. 네가 버리고 간 모든 것. 그런 것들 때문에 나는 오늘도 안달복달하면서 살아. 가끔은, 아니 조금 자주, 모든 게 부질없는 것처럼 느껴지기도 해. 그런데도 그게 잘 놓아지지가 않아. 때로는 그때, 세상과의 연을 끊어낼 때 너는 어떤 마음이었을지, 무슨 생각이었는지 가늠도 되지 않는 짐작을 해보곤 한다.

이런 나를 보면 너는 뭐라고 할까?

다 그렇게 사는 거지 뭐, 하면서 그냥 웃을 거 같긴 한데.

나, 많이 달라졌니?

언젠가 한번쯤 꼭 보고 싶다.

다시 만나는 날까지, 항상 건강해.

이모할머니의
──────── 집테크

"나중에 어른들이 해준 얘기 듣고선 네 기억이라고 착각하는 거 겠지."

"아냐, 진짜 분명 기억난단 말야. 내가 엄마인지 누군지, 아무튼 어른에게 안긴 채 대청마루에 앉아 있었어. 그때 날씨가 더웠나봐. 하긴 햇살이 참 좋았었지. 삼촌이 중정에 있는 수돗가에서 하얀색 러닝셔츠만 입고 세수를 하더라고. 그러면서 나를 보고 웃었어. 막 엄청 귀엽다는 듯이. 이런 걸 누가 얘기해줘. 당연히 내 기억이지."

"아니, 그러니까 한 살짜리 애가 뭘 기억하냐고…"

영유아 시절, 내 기억 속에 다정하고 예쁜 한 장면으로 저장된 이모할머니의 집은 서울의 한 오래된 주택가에 있는 작은 개량 한옥이었다. 평생을 광주에서 살아오신 우리 할머니와 달리, 동생인 이모할머니는 서울 남자와 결혼해 서울에 정착하셨다. 이모할머니가 처음 그 집과 연을 맺은 것은 나와 같은 세입자 신분으로였다. 사랑채에 들어가 살림을 꾸려가던 이모할머니 부부는, 차곡차곡 돈을 모아 마침내 그 집을 샀다.

"집을 사고도 우리는 그대로 사랑채에 살았어. 그리고 큰방을 세를 내놨지. 세를 더 많이 받을 수 있잖아. 집을 사느라 빚도 있었고, 애들도 한창 크는 때라 들어가는 돈이 많았으니까."

처음 집을 장만했으니 얼마나 그 오붓함을 느끼고 싶었을까. 하지만 이모할머니 부부는 현재를 희생한 대신 빠른 시일 내에 집을 온전하게 소유할 수 있었다. 자녀가 장성할 때까지 네 가족이 단란하게 살았던 이모할머니의 한옥. 하지만 지금 그 집은 온데간데없다. 동네가 재개발되면서 기존 집들을 밀고 브랜드 아파트가 들어섰기 때문이다. 아파트를 분양 받을 목돈이 없는 많은 원주민들이 다른 곳으로 밀려났지만, 이모할머니는 아파트 입성에 성공했다. 고등학교 땐가, 이사한 지 얼마 안 된 그 집에 갔던 기억이 난다. 벽지도, 바닥도 모든 게 새롭고 반짝이던 집. 손자를 무릎에 앉히고 즐거워하시던 이모할머니와 할아버지.

그 후로 십수 년이 흐른 지금, 이모할머니는 그 반짝이던 아파트에서 멀리 떨어진 한 빌라에 살고 계신다. 4층 건물에 방 두 개짜리로 단출한 곳이다. 언젠가 이모할머니가 내게 이런 말씀을 하신 게 기억난다. "너는 그래도 어쩜 베란다가 달린 집을 잘 찾아들어간다? 이 집은 베란다가 없어서 불편해. 파 한 단을 사와도 둘 데가 없어. 그래도 명색이 어른이 사는 집인데 베란다가 없어서, 원." 이모할머니는 조만간 전세계약이 만료돼 이사를 준비하고 계신다.

이모할머니가 널따란 베란다가 있는 아파트를 두고 빌라에서 살게 된 데는 나름의 사정이 있다. 계기는 맞벌이 자식들을 대신해 손자손녀를 돌보기 위해서였다. 아파트를 전세로 주고 아들네 집에 들어간 이모할머니와 할아버지는 수년을 그 집에서 살았다. 그러는 사이에 아파트 가격은 조금씩이나마 꾸준히 올랐고, 전세금도 따라 올랐다. 손자손녀도 어느덧 24시간 돌봄이 필요한 나이를 졸업하게 됐다. 하지만 예전 집으로 들어가기 위해서는 다시 목돈이 필요했다. 어차피 자식들도 모두 출가한 마당에 넓은 집이 필요한 것도 아니었으니, 이모할머니는 근처 자그마한 집을 얻기로 한 것이다.

물론 이모할머니는 그 집에서도 언제나처럼 에너제틱하고 즐겁게 잘 살고 계신다. 1~2년 전부터는 아파트를 반전세로 돌려 약간의 월세 수입도 얻는다. 하지만 셋방이었다가, 그렇게도 갖고 싶던 우리 집이 됐다가, 이제 부동산이 된 그 작은 한옥집을 생각하면 마음 한구석이 조금 아려온다. 한 사람의 인생에서 집이란, 사는 곳이란 정말 도대체 뭘까.

이모할머니는 서울에 정착해 그 시대 모든 이들의 꿈이었던 '내집 장만'에 성공했다. 하지만 난 그 기쁨을 누리지 않는다면 다 무슨 소용일까 싶다. 물론 집을 소유했다고 해서 반드시 그 집에 들어가 살란 법은 없다. 도리어 "집을 사서 임대를 주는 게 돈 버는 첫걸음"이라며 집테크를 권장하는 사람까지 보았다. 나도 솔직히 그런 상상을 안 해본 건 아니다. 주도면밀한 내 계획은 이렇다. 대출을 영혼까지 끌어모아 아파트를 산 다음 전세를 주고, 그 돈으로 한옥에 들어가 사는 것이다! 하지만 한편으론 이런 생각도 든다. 이렇게 지겹도록 이사를 다니면서 집을 사놓고는 다시 세입자 생활을 시작한다고? 말도 안 돼!

여전히 많은 사람들이 집을 위해 오늘을 희생한다. 더 나은 환경을 꿈꾸며 지금의 불편을 참거나, 집을 손에 넣고도 막대한 대출금을 갚느라 싫어하는 일을 하며 꾸역꾸역 버틴다. 집뿐만이 아니다.

실은 뭐든 원하는 것을 손에 넣기 위해서는 일정한 노력과 인내가 필요하다. 그런데 언제까지, 어느 선까지 참고 기다려야 하는 것일까? 그 점에 대해서는 누구도 진지하게 생각하지 않는 것 같다. 시간이 흐르고 집값이 오를수록 사람들에게 요구되는 인내의 시간도 갈수록 길어지고만 있는데 말이다.

템플 스테이에서
───── 생긴 일

"스님 월급이 얼마인 줄 아세요?"

예상치 못한 질문에 당황했다. 스님도 월급이란 걸 받는구나. 정말 얼마쯤 될까? 그건 그렇고, 스님은 왜 나한테 이런 걸 물어보시는 거지?

"150만 원이 될까 말까예요. 실은 아주 많이 받아야 150만 원이지 100만 원 안팎인 데가 허다해요. 말이 됩니까? 이 돈으론 쉬는 날 교통비며 밥값이며 최소한으로 지출해도 남는 게 없어요."

"네에, 그렇죠. 요새 물가가 만만치 않죠…."

속세의 홍진에서 잠시라도 벗어나고파 서울에서 다섯 시간여를 달려 도착한 산사였다. 그런데 왜 나는 처음 보는 스님의 노후 고민에 맞장구쳐주고 있는가. 스님은 나의 궁금증 따윈 아랑곳하지 않고 말을 이어나가셨다.

"그에 비해 천주교는 성직자들 노후를 보장해줘요. 거기는 연금이 나오니까 아주 훌륭하지."

"네…, 아… 천주교."

"스님도 나이 들면 절에서 반기질 않아요. 만에 하나 주지스님 눈 밖에라도 나면 인정사정 없어요. 그길로 짐 싸서 나가야지. 그저 늙어서 몸을 의탁하고 참선할 수 있는 작은 아파트라도 한 채 장만해야 하는데…"

'아, 아파트?!'

2년 전쯤, 친구와 템플스테이를 체험하기 위해 찾은 절에서 실제 있던 일이다. 방학도 휴가철도 모두 끝난 애매한 시기라 신청자가 우리 둘뿐이었다. 도착하고 나서야 신청자가 우리밖에 없다는 사실을 알았고, 조금 당황하기는 했지만 되려 잘됐다 싶었다. 조용히 산사의 정취를 만끽할 수 있을 테니까. 친구도 나도 여기에 머무는 시간만큼은 복잡한 생각을 잠시 멈춰보자는 간절한 마음으로 진지하게 프로그램에 임했다. 스님과의 다담(茶談) 직전까지는 말이다.

TV에 나오는 도력 높은 스님들만큼은 아니더라도, 우리의 덧없는 고민에 수도자만이 줄 수 있는 명징한 답변을 얻게 되지 않을까, 내심 기대가 컸던 게 사실이다. 뭘 질문하면 좋을지 떨리는 마음으로 다담에 들어가기 앞서 질문 내용을 가다듬기도 했다.

"스님, 집에 대한 집착을 내려놓고 싶은데 잘 안 됩니다."

"스님, 아침마다 즐겁게 출근할 수 있는 비법은 없나요?"

"스님, 저 지금 잘 살고 있는 건가요? 네?!"

하지만 그 모든 준비는 소용이 없었다. 직장, 사는 지역, 나이 등 간단한 호구조사를 마친 스님은 우리에게 질문을 거의 하지 않았으니까. 오직 자신의 노후에 대한 깊은 고민과 차의 효능에 대한 이야기를 되풀이하셨을 뿐이다. (아, 생각해보니 절에서 가방을 도둑맞지 않는 법도 알려주셨다. 등 뒤에 두면 도둑이 가져갈 수 있으니 항상 머리맡에 둬야 한다고 하셨다.) 끝나지 않을 것만 같던 다담은 허무하게 마무리되고, 친구와 나는 다실을 나와 얼빠진 표정으로 서로를 바라봤다. 구슬 픈 음악에 맞춰 108배를 하고, 108염주를 알알이 꿰고, 뜻 모를 주문 같은 불경을 읽어가며 참선과 명상을 했다. 그렇게 해서 잠시라도 잊으려 했던 현실은 스님의 '아파트' 발언 한 번에 이 깊숙한 산사까지 단숨에 소환됐다.

서울로 돌아온 이후, 나는 주변 사람들이 집 걱정을 할 때마다 이 이야기를 종종 들려주었다.

"너, 그거 알아? 스님들도 노후에 아파트 마련하는 게 목표래. 내가 전에 심란해서 템플스테이에 갔는데 말이야…!"

이 얘기만 꺼내면, 그 전에 나누던 대화가 얼마나 심각했든지 간에 상대방은 언제나 큰 소리로 웃는다. 그리곤 조금 가벼워진 목소리로 "세상엔 정말 집 걱정 안 하는 사람이 없네" 한다. 아무리 나를 괴롭히는 고민도 남들 모두 겪는 일이라는 사실을 받아들이면 어느 정도 견딜 만해지기 마련이니까.

그날도 여느 때처럼 템플스테이에 관한 썰을 풀고 있었다. 그런데 갑자기 번쩍하는 기분이 들었다. 저 멀리서 이런 목소리가 들려오는 것 같았다.

'이제 좀 깨달았느냐!'

설마, 이것은… 집착의 덧없음을 스스로 깨닫도록 설계한 스님의 큰 그림?!

동네라는 ———— 집

힘에 부쳐 넘어지듯 한 걸음 한 걸음을 내딛는 퇴근 길. 어두운 골목길을 어기적어기적 걷다보면, 작고 낮은 집의 낡은 유리 너머로 불빛이 어른어른 비치는 게 보인다. 아침에 출근할 때에는 인기척도 없이 냉랭해 보이던 집에도 어김없이 불이 켜진다. 다닥다닥 붙은 이 모든 집에 사람들이, 가족들이 옹기종기 모여 살고 있겠거니 생각하면, 혼자 걷는 추운 밤에도 희미한 온기를 느낄 수 있다.

아, 사람 사는 동네구나. 내겐 이런 느낌이 중요하다. 내가 번화가를 피해 오래된 주택가를 찾아 둥지를 트는 이유이기도 하다. 그래서인지 지금까지 살았던 곳 주변엔 작고 오래된 성당이나 절이 많았다. 성당과 절은 이곳이 수십 년 전부터 주택가였다는, 일종의 증거다. 열 번째 집과 열세 번째 집부터 열여섯 번째 집까지, 모두 주변에 성당 혹은 절이 있었다.

동네는 또 하나의 집이다. 수사가 아닌, 문자 그대로다. 동네는 집만큼, 어쩌면 집보다 더 중요하다. 생활 패턴을 결정짓기 때문이다. 마트가 코앞에 있는 집과 엎어지면 재래시장이 있는 집은 장 보러 가는 날짜도, 매일매일 식탁에 오르는 것도 다르다. 집 앞에 공원이 있는 집과 먹자 골목이 있는 집은 공기의 냄새나 질감까지 차이가 난다. 그렇기 때문에 집을 볼 땐 동네를 허투루 봐선 안 된다. 동네를 고르는 자신만의 기준도 반드시 갖고 있어야 한다.

나는 동네 풍경을 본다. 혹시 지나치게 살풍경하지는 않은지, 번쩍번쩍 요란하지는 않은지 그런 것 말이다. 내가 아침마다, 저녁마다 걸어야 할 길. 소중한 친구가, 가족이 걸어올 길. 주말에 식량을 사러 갈 때 봉지를 앞뒤로 흔들며 콧바람을 쐴 길. 답답할 때 무작정 걸어야 할 길이 결국은 그 동네니까.

내가 지금 살고 있는 이곳은 집은 많이 낡았어도 동네의 조건에서는 내 마음에 꼭 든다. 집 앞 골목의 높은 담에는 개나리가 많아 봄이면 샛노랗게 피어난다. 조금 더 내려가면 여름에 초록색 담쟁이가 드리우는 작은 구름다리가 길을 가로지르고 있다. 가을이면 출퇴근길 은행잎이 눈처럼 펑펑 떨어지는 나무 아래를 걷는다. 가까운 천변에 나가면 산책하는 강아지, 앞뒤로 박수를 치며 걷는 어르신들, 엄마 아빠와 함께 자전거를 타러 나온 아이들을 만날 수 있다. 개인이 운영하는 작은 빵집이 5분 거리에 있고, 복날에는 멜론을 서비스로 주는 센스 넘치는 카페도 있다. 15분쯤 나가면 영화관이다. 무엇보다 대체로 조용하다!

물론 기준은 사람마다 다르다. 나와는 정반대로 시끌벅적하고 활기찬 분위기를 좋아하는 사람도 있다. 서울에 잠시 머물게 된 사촌 동생이 골랐던 집은 종로 대로변에 있는 한 고시원이었다. 종로 근처가 아니라 정말 대로변 빌딩 고층부에 위치한 고시원.

"야, 정신없게 어떻게 그런 데서 사냐."

"난 골목 들어가기 무서워. 그리고 버스도 바로 앞에서 탈 수 있고."

같은 아파트 단지에서 동만 바꿔 이사하는 사람들이 있다. 예전엔 뭐 하러 저런 수고를 하나 생각했다. 하지만 이젠 조금은 납득이 된다. 위치나 층수에 따라서 보이는 풍경도, 비치는 햇살도 다를 테니까. 학부모들이 많은 아파트 단지에선 학교와 같은 라인이냐 건너편이냐에 따라 많게는 수천만 원씩 가격 차이가 난다고 한다. 어린아이가 혼자서 길을 건널 가능성을 원천 차단하려는 부모의 마음이다. 유난 떤다고도 할 수 있지만 부모의 심정이란 게 원래 그런 거 아니겠는가.

혼자서, 한정된 조건으로 집을 구하는 탓에 1인 가구들은 면적이나 시설 등 집 자체에만 연연하다 동네를 간과하는 경우가 많다. 그러나 나는 집에 대한 것은 몇 가지 포기하더라도, 꼭 동네에 대한 배점을 높이라고 추천하고 싶다.

열여섯 번째 집을 선택할 때, 길 건너에 있는 집을 봤다. 같은 행정구역이고 같은 지하철역을 이용해 출퇴근하는 곳이었다. 집 상태는 열여섯 번째 집보다 훨씬 나았다. 그런데 '길'이 달랐다. 길 건너 집으로 올라가는 길엔 원단을 가공하는 작은 업체들이 즐비했다. 하지만 열여섯 번째 집은 지하철을 타러 갈 때 무조건 천변에 나 있는 은행나무 길을 걸어야 했다. 고민의 여지가 없었다.

"집순 씨, 건너편 집이 더 넓잖아. 근데도 이 집으로 할 거야?"

부동산 아줌마가 물었다.

"제가요. 출근할 때 꼭 천변을 거쳐서 가거든요. 가을에 은행나무 단풍 드는 거랑 여름에 파란 것도 좋아서요. 근데 저쪽으로 건너가니까 그냥 길 하나 건너는 건데도 천변을 지나칠 일이 없는 거예요.

이 동네 안 떠나려고 제가 얼마나 애를 썼는데, 그게 다 쓸모가 없어지잖아요. 그래서…"

아니, 출근이며 은행나무 같은 이야기를 하는데, 대체 이게 뭐라고 목이 메는 거냐…. 아줌마가 조금 황당한 표정을 지었다. 그렇게 나는 '동네'라는 집에 살게 됐다.

아무리

먼
곳이라도

"왜 산동을 선택했죠? 베이징이나 상하이에도 학교가 많은데."

"경쟁률이 좀 덜할 것 같아서요. 학점이 그렇게 높지 않거든요."

중국으로 교환학생을 떠난 것은 명백한 도피였다. 대입이라는 목표를 달성하고 좀 살 만해지나 싶었더니 취업이라는 새로운 관문이 아가리를 벌리고 날 기다리고 있었다. 미래에 대한 불안에 질식할 것 같을 때쯤, 어디든 떠나야겠다는 생각이 들었다. 알바로 생활비는 감당하고 있었지만 월세와 학비를 엄마 혼자서 대고 있던 때라, 서울보다 물가가 비싼 나라는 애초에 쳐다보지도 않았다. 길고

긴 해외결연학교 리스트의 끄트머리에서 내 눈에 띈 곳은 산동반도에 있는 한 대학이었다. 비행기로 한 시간 반이면 도착하고, 대도시에 비해 물가도 저렴할 것이었다. 게다가 경쟁률도 낮을 테니 합격 가능성도 높다. 나의 얄팍한 전략은 먹혀들었다. 중국어를 한 마디도 못하는 내가 중국으로 교환학생을 가게 됐으니까.

산동에 도착한 건 차갑고 어두운 밤이 다 돼서였다. 도착과 동시에 가장 먼저 한 일은 다름 아닌 방을 선택하는 것. 2인실과 1인실이 있었는데, 비용 절감을 위해 당연히 2인실에 손을 들었다. 아는 건 이름밖에 없던, 우리 학교 중문과 샤오랑과 즉석에서 룸메이트가 됐다. 내 열한 번째 집이었다. 물먹은 솜처럼 무거운 몸으로 돌덩이 같은 캐리어를 밀고 방문을 열면서, 문득 그런 생각을 했다. 제아무리 먼 곳으로 떠나와도 결국은 방에서 또 다른 방으로 옮겨가는 것일 뿐이구나.

층고가 시원한 넓은 방이었다. 욕실은 방 안에 있고, 공동 취사장이 있었다. 그때만 해도 우리나라에선 타일 바닥이 흔치 않던 때라 바닥에 광택이 나는 타일이 깔려 있는 게 이채롭게 느껴졌다. 커다란 창엔 베이지색 커튼이 걸려 있었는데, 햇빛이 쏟아지는 오후엔 커튼을 단단히 쳐놓아도 방 안이 따뜻한 노란빛으로 꽉 찼다. 도착이튿날, 가장 먼저 몇 권 안 되는 책과 일기장, 필기도구를 책상에 풀어놓았다. 벽에 엽서와 사진 몇 장을 붙이고 나니, 비로소 굳었던 몸과 마음이 조금 풀리는 것 같았다. 그날부터 잠이 쏟아졌다. 큰 창에서 쏟아지는 노란 온기에 취해 때로는 겉옷도 벗지 못하고 잠들기도 했다. 그렇게 가수면 상태로 한 학기를 보내고 잠의 수렁에서 가까스로 빠져나오나 했더니, 이번엔 호된 감기가 찾아왔다. 한여름, 챙겨간 옷을 다 껴입고도 덜덜 떠는 나를 보다 못해 누군가가 서랍 깊숙한 데서 자신의 겨울 파카를 찾아다 주었다.

1년, 엄밀히 말하면 10개월 정도밖에 되지 않는 기간이었지만 그 와중에 우리는 또다시 이사를 결정했다. 기숙사보다 저렴한 가격에 더 나은 환경에서 살 수 있었기 때문이다. 기왕 해외에서 사는 김에 현지인들이 실제로 사는 집에 살아보고 싶다는 욕심도 있었다. 2학기를 앞두고 산동으로 돌아오자마자 집을 구했다. 방식은 우리나라와 크게 다르지 않았다. 전단지에 적힌 번호로 연락해 몇 군데 집을 보러 다녔고, 월세 오피스텔 하나를 구했다. 현관 바로 옆에 자리한 욕실 하나와 큰 방, 베란다가 딸린 밝은 집이었다. 침대 하나와 옷장, 책상, 고장 난 TV, 냉장고, 식탁 등 살림살이가 갖춰져 있었다. 이사와 동시에 가을이 시작됐다. 하늘이 높아질수록 기온이 급격히 떨어졌고, 잠과 감기가 떠난 자리에 침묵이 새로 찾아왔다. 어떤 때는 하루 종일 아무 말도 하지 않고 두 사람 제각기 각자의 멍을 때리는 날도 많았다.

　명현현상이라는 게 있다. 한의학에서 병을 치료하는 과정 중 일시적으로 병세가 악화됐다가 나아지는 현상을 말한다. 한참이 지난 지금, 한국을 떠나 있던 그 1년을 돌이켜보니, 일종의 명현현상이 아니었나 하는 생각이 든다. 뭐랄까… 기대나 희망, 경쟁이나 생존 같은 것들로부터의 명현쯤 되려나. 한국에 있을 때는 인이 박혔던 그 단어가, 참 간사하게도 그 말이 속한 땅을 떠나자마자 아득하게 느껴졌다. 나를 지탱하던 그 긴장감이 사라지자, 나는 그대로 주저앉을 수밖에 없었다. 영문도 알 수 없고 밑도 끝도 없는 시간이었다. 하지만 만일 내가 그때 훌쩍 떠나지 않았다면, 과연 지금까지 그 중압감을 견딜 수 있었을까?

　그렇게 10개월의 시간이 흐르고 오피스텔에서 짐을 싸던 날, 우리는 그만 집으로 돌아가고 싶은 마음과 다시는 돌아가고 싶지 않은 복잡한 양가감정에 휩싸여, 돌아오는 내내 말이 없었다. 지금도 노란빛으로 물들던 기숙사를, 방 한구석 빨간 소파가 놓인 오피스텔을 떠올리면 그때 그 감정이 어김없이 되살아난다.

　공간에도 기억이 스미고 감정이 묻는다. 어떤 감정은 그 공간에 너무도 단단히 고정돼 있어 마치 한 몸처럼 보이기도 한다. 중국 산동의 어느 작은 방엔 불안과 희망을 분간조차 하지 못했던 내 청춘의 한 조각이 영원히 남아 있을 것이다.

두 사람이

———— 지은

———— 집

여기, 내일모레 칠십을 바라보는 한 남자가 있다. 그는 평범한 다른 아버지들처럼 한평생 출근을 했다. 안정적인 직장에서 성실하게 월급을 모아 남부럽잖게 아이들을 가르치고 부족함 없이 생활했지만, 퇴직 후 남은 것은 결국 아파트 한 채였다. 보통의 아버지들이 그렇듯 말이다. 돌이켜보면 집을, 재산을 지금보다 훨씬 불릴 기회도 분명 있었다. 물론 삶은 언제나 그렇듯 결코 만만치 않았다. 있는 것을 지키는 것조차 쉽지 않을 때가 대부분이었다. 마지막 남은 아파트를 유지하는 것마저 어려워지자, 그는 오랫동안 품었던

한 가지 구상을 실천하기로 결심했다. 바로 집을 짓는 일이었다.

지난 주, 용인에 있는 지인의 집에 다녀왔다. 번화가에서 한참 떨어진 산자락에 위치한 그의 집은, 좁은 시골길을 지나 흙먼지 날리는 비포장도로를 뚫고 가야만 만날 수 있었다. 내가 '오라버니'라고 부르는 집주인은, 내 주변에서 직접 집을 지은 유일한 사람이다. 그는 지금으로부터 5년 전, 서울의 아파트를 처분하고 그곳에 터를 잡았다.

오라버니의 집을 찾은 것은 이번 방문을 포함해 겨우 두 번뿐이지만, 나는 이 집이 여러모로 마음에 든다. 우선 외관이 눈에 띄지 않고 단순해서 좋다. 'ㄱ'자 형태의 1층 위에 직사각형 2층을 얹은 외형인데, 외장재도 어두운 붉은색 벽돌과 짙은 회색 컨테이너를 사용해 수수하다. 바로 옆집이 교회를 연상시키는 뾰족 지붕에 1층부터 2층까지 화려한 스테인드글라스로 통창을 낸 것과는 매우 대조적이다. 심플한 외관에 비해 내부는 짜임새가 촘촘하다. 다락을 포함해 총 3층으로 구성돼 있는데, 붙박이 책장과 다양한 높낮이의 테이블을 배치해 언제든 책을 읽고 공부할 수 있도록 꾸며놓은 게 특징이다. 그중에서도 내 눈길을 끄는 공간은 통으로 창을 낸 작은 거실과 사다리를 타고 올라가야 하는 다락 책방이다. 1층 거실 통창 밖으로는 건물이 감싼 작은 안뜰이 펼쳐져 있다. 오라버니는 그

창에 딱 맞는 책상을 놓고, 그곳에서 가장 많은 시간을 보내신다. "여기 앉으면 글이 막 써질 거 같지?" 빙글빙글 웃으시며 폭풍 자랑을 하시는 오라버니.

다락 책방은 서재를 통해서만 올라갈 수 있는데, 가파른 사다리를 오르면 3면이 책으로 둘러싸인 아늑한 공간이 나온다. 제아무리 책 욕심 없는 사람이라도 탐낼 만한 공간이다. 낮은 천장에 작은 창을 내 바깥 날씨를 확인할 수 있게 한 것이 이곳의 포인트. 빗방울이 창문을 차갑게 때리는 날, 따끈한 차와 간식을 옆에 두고 여기 처박혀 만화책을(!) 읽을 수 있다면 얼마나 좋을까. 부럽습니다! 부러워요!

두 공간뿐 아니다. 집 곳곳에는 오라버니와 가족의 취향이 물씬 묻어났다. 심플한 내부 장식, 최소한의 가구, 곳곳에 쌓인 책 그리고 잔잔한 음악. 한 사람이 누구인가를 보여주는 단서는 참으로 많다. 좋아하는 책이나 음악, 즐겨 입는 옷이나 신발, 사용하는 스마트폰의 종류 등등. 하지만 방이나 집처럼 자신을 적나라하게 드러내는 것이 또 있을까? 자신이 직접 지은 집이라면 더더욱 그러하다.

집을 구경하는 동안 집 짓기에 대한 환상과 부러움은 폭발 직전에 이르렀다. 집을 지은 사람들의 이야기가 더 궁금해졌다.

"주변에 집 지은 분들 꽤 계시죠? 다들 만족하시겠죠?"

훈훈한 답변을 기대했건만 그의 대답은 의외였다.

"무슨, 다 후회하지. 짐 덩어리라고!"

"그럴 리가요… 왜요?"

"집을 지을 때 가장 조심해야 할 게 뭔지 알아? '이왕 하는 김에' 라는 말이야. 내 친구는 서울에 집이 있어서 별장 개념으로 집을 지었어. 별장이라고 해도 생활은 주로 거기서 할 참이었지. 처음에는 30평 정도를 생각했어. 그런데 건축업자와 상의를 하면서 자꾸만 '이왕 하는 김에'라는 욕심이 생긴 거야. 결국엔 50~60평으로 집이 커졌어. 집 짓기에 반대하던 아내는 끝내 서울 생활을 포기 안 했고, 친구만 혼자 거기서 살아. 여름엔 그나마 괜찮지. 겨울엔 난방비가 감당이 되겠어? 방 한 칸에서 온수 매트를 켜놓고 생활한다더라고. 그 큰 집을 지어놓고 말이야."

"오라버니는 그럼 만족하시나요? 만약 다시 짓는다면 바꾸고 싶은 부분이 있으세요?"

'이만하면 잘 지었지'라는 답변을 기다렸지만 기대는 또다시 어긋났다.

"2층을 없애고 싶어. 이 집도 너무 넓어."

참고로 오라버니 댁에는 다섯 명의 가족이 산다. 1층 면적은 25평, 2층 면적은 15평이다. 하긴 한 사람에게 정말 필요한 건 딱 누울 자리뿐이라고 하시는 분이니….

그날 오후, 집 짓기에 대해 많은 시사점(?)을 안겨주신 오라버니는 환한 웃음으로 우리를 배웅해주셨다. "언제든지 놀러 와. 빈방 많으니까 답답할 땐 몇 달 살다 가도 돼!"라는 희망고문과 함께. 사실 오라버니의 제안을 진짜 진지하게 고민하면서 집을 나섰다. 그러나 앞서 언급한 그 비포장도로를 운전하면서 깨끗하게 마음을 접었다. 오라버니, 이 길을 날마다 출퇴근할 자신이 없네요. 집 없는 미생은 오늘도 전원생활의 꿈에서 한발 더 멀어집니다.

살면 살수록 집은 역시 사치품이 아니라 생필품이라는 생각이 든다. 내 방을 갖는 것이 꿈이던 어린 시절에는 항상 넓고 커다란 집이 있었으면 했다. 잔디가 깔린 드넓은 마당, 나무 계단을 놓은 2층 집, 장작이 타는 벽난로는 나의 오랜 로망이었다. 하지만 생존에 필수적인 물이 아무리 많아도 정량 이상은 먹을 수 없듯, 집도 무한정 넓어봤자 아무 소용이 없다. 아니, 어쩌면 오히려 독이 될 뿐이다.

아직 나는 집을 꼭 짓겠다는 생각은 없다. 그냥 나에게 맞는 적당한 집을 구해 살고 싶다. 물론 기회가 돼 집을 지을 수 있다면, 정말 감격스러울 것 같긴 하다. 실은 지금도 마음이 없다기보단 감히 엄두가 안 나는 것인지도. 모든 게 다 내 맞춤형(결과적으론 예산 맞춤형

이 되겠지만)인 집은 대체 어떤 모습일까? 지금으로선 도저히 상상
이 안 되지만, 어떤 모양의 집이든 내 집도 오라버니의 집처럼 수수
하고 편안한, 생필품 같은 집이기를.

공유지의

————— 비극

"청춘시대를 꿈꾸세요?"

얼마 전, 동네 전봇대에 이런 제목이 적힌 A4 용지가 붙었다. 〈청춘시대〉는 대학생 하우스메이트 5인의 스토리를 담은 드라마 제목. 아마도 하우스메이트를 구하는 전단지인 모양이었다. 보증금에 월세가 적힌 건조한 전단만 보다가 공들여 만든 전단을 보니, 그 귀여움에 피식 웃음이 나왔다. 혹시 드라마만 생각하고 저기 연락하는 사람은 없겠지, 하는 노파심과 함께.

드라마와 현실의 가장 큰 차이가 뭐냐고? 빛 잘 드는 넓고 깨끗한 집? 선머슴 콘셉트인데 실상은 예쁜 여배우? 그런 건 사소한 부분에 지나지 않는다. 진짜 차이는 바로 '대화'다. 드라마 속에서 다섯 명의 하우스메이트들은 끊임없이 대화가 오간다. 서로 상처를 주기도 하고, 머리를 쥐어뜯으며 싸우기도 하고, 무심한 말 한마디로 깊은 위로를 건네기도 한다. 하지만 진짜 하우스메이트들은, 말이 없다. 말이 뭐야, 서로 마주치지 않기 위해 노력한다. 적어도 나와 내 하우스메이트들은 그랬다.

'쉐어하우스' 같은 멋진 이름으로 부를 수 있는진 모르겠지만, 나도 그 비슷한 형태로 살아본 적이 있다. 서울에 올라와 가장 오랫동안 머물렀던 열세 번째 집이 바로 그곳. 집주인이 아랫집 세를 놓으면서 방별로 세입자를 받았다. 방이 셋이었으니까 세입자도 셋. 생판 모르는 세 사람이 거실과 주방, 화장실 등 공동 공간을 공유하며 각자 월세를 냈다. 각 방에는 문고리 말고도 잠금장치가 따로 설치돼 있었다. 같이 살지만 방문을 잠그고 사는 사이. 그게 우리들의 관계였다.

대학가엔 이런 집들이 흔했다. 하지만 우리 집엔 여타 집들과 다른 흥미로운 점이 하나 더 있었다. 바로 내 하메들. 한 명은 대학원생이었던 언니, 다른 한 명은 '아저씨'였다. 대학가 월셋집에 아저씨라니! 아무리 받아들이려 해도 그의 존재는 기기묘묘했다. 평일에는 있는 듯 없는 듯 조용한 그였지만, 주말이 되면 내 방에서도 들릴 만큼 큰 소리로 뽕짝을 틀어놓고 일탈을 즐기시곤 했다. 처음 뽕짝을 들었던 그 주말 이후, 아저씨의 존재는 더욱 미궁 속으로 빠져들었다. 하지만 돌이켜 생각해보면, 내가 들어가기 이미 몇 년 전부터 그와 같이 살아온 대학원생 언니의 존재는 아저씨 이상으로 미스터리한 것이었다.

쿰내 진동하는 언니, 뽕짝 마니아 아저씨, 뿔테 안경 쓴 취준생. 이렇게 한없이 어색한 우리 세 사람의 '숨바꼭질'은 입주 그날부터 시작됐다. 방에서 나가려다가도 문소리가 나면 잠시 기다렸다가, 문이 다시 닫히는 소리를 듣고야 나갔다. 내가 가끔 문을 벌컥 열고 들어올 땐 황급히 닫히던 방문을 본 적도 여러 차례. 물론 어쩔 수 없이 마주쳤을 때에는 반갑게 웃으며 인사를 했지만, 그런 일은 극히 드물었다. 5년간 하메들과 두 문장 이상 이야기한 적이 없는 것 같다. 세 사람이 함께 이야기를 한 적은 단 한 번도 없었다.

사실, 그런 생활은 내 취향에 딱 맞았다. 하메끼리 친하게 지내면 좋은 점도 있겠지만 취업 준비생이던 나에게, 그런 건 다 피로한 인간관계에 지나지 않았다. 밖에서 인간관계에 시달리는 것도 모자라 집에서도 모르는 사람들과 웃는 얼굴로 인사를 해야 한다고? 반대다. 거절이다.

생각해보면 가족들과 함께 사는 집이라고 대화가 많은 것도 아니지 않나? 아들 하나 딸 하나 둔 4인 가족이 환하게 웃고 있는 공익광고 포스터만큼이나 우정이 흘러넘치는 쉐어하우스도 현실과는 동떨어진 것일지 모른다. 물론 그렇게 살 수 있다면야 좋겠지만, 섣부른 기대는 금물이다.

좀 이상하긴 해도 대체로 평화로운 우리 집엔 한 가지 문제가 더 있었다. 공동 공간 관리가 제대로 되지 않았다는 점이다. 거실 바닥은 점점 까매져서 슬리퍼를 신어야만 다닐 수 있었고, 싱크대엔 설거지가 쌓여있는 날이 많아 벌레가 끓기 시작했다. 어느 날은 싱크대에서 거대한 바퀴벌레를 보고 주상전하를 뵙고 퇴청하는 내시처럼 뒷걸음질쳤다. 짐을 빼는 그날까지 내 방에선 단 한 번도 나온 적 없는 바퀴벌레였는데! 사회 시간에 책으로만 배웠던 '공유지의 비극'이 우리 집에서 벌어지고 있었다.

그 집에 살기 전, 집을 구하러 다니면서 쉐어하우스를 구경한 적이 있다. 'ㅁ'자형 한옥이었는데, 주방이 중정에서 바로 보였다. 딱 봐도 오래 방치한 것 같은 설거지감이 한가득이었다. 속으로 어떤 한심한 애들이 모여 살기에 저 모양 저 꼴이냐고 혀를 끌끌 찼다. 하지만 결국엔 나도 똑같은 본성을 지닌 인간이었다. 역시 남 욕은 함부로 하는 게 아니다. (혹시 대학생이 되어 기숙사나 하숙집, 쉐어하우스

생활을 시작하는 분들이라면 〈청춘시대〉를, 특히 시즌 1의 1화를 추천합니다.

현실입네 드라마입네 썰을 풀었지만, 실은 정말 공감 백배에 재미까지 있는 드

라마랍니다.)

룸메이트라는 난제

"요새 집 구한다며? 좀 괜찮은 데 있어?"

"아니… 너무 비싸더라고. 방도 너무 좁고."

"나도… 우리, 2인실 괜찮은 거 발견하면 같이 들어갈래?"

"엇, 그럴까?"

누가 먼저 제안을 한 것인지 기억은 나지 않는다. 비슷한 시기에 집을 구하던 친구와 이야기를 하다가 같이 살아보자는 말이 나왔다. 혼자보다야 편할 리 없지만 둘이 돈을 합해 집을 구하면 조금 더 나은 조건의 방을 찾을 확률이 높았다. 흔쾌하게 같이 살자고 이야기할 때만 해도 적당한 집이 그렇게 금방 나오겠어? 하며 큰 기대를 걸지 않았던 것도 사실이다. 그런데 예상보다 빨리 괜찮은 집을 만나게 됐다. 나의 열 번째 집이었다.

열 번째 집은 학교 근처에 있던 하숙집으로, 밝은 베이지색 벽돌을 두른, 외관이 화사한 집이었다. 2층이 주인집이고 그 바로 위층이 우리가 사는 공간. 우리 두 사람이 월세 60만 원에 계약한 큰 방 하나와 언니 한 명이 살았던 작은 방 하나, 그리고 조그만 거실에 작은 베란다까지 있어 살기에 무척 쾌적했다. 그 집의 또 다른 장점은 옥상이 넓고 깨끗하게 정리돼 있었다는 점이었다. 볕 좋은 날엔 이불을 널 수 있고, 답답한 여름밤엔 맥주를 들고 올라가 바람을 쐬기에도 딱이었다. 옷장도, 침대도 없이 책상 두 개가 덜렁 놓인 맨방이었지만, 우리는 오히려 방을 넓게 쓸 수 있겠다며 좋아했다. 그 때만 해도 모든 게 너무나 잘 맞았다. 그때만 해도….

나는 고등학교 2학년 때 기숙사 생활을 시작했다. 이른바 '우정학사' 3층 '지혜의 방'(《해리포터》시리즈 속 기숙사 그리핀도르나 슬리데린 같은 게 아니다!)엔 2층 침대 세 개가 있었고, 거기서 다섯 명의 룸메이트와 2년 가까운 시간을 보냈다. 대학에 와서도 새내기 1년 동안은 기숙사(이 역시 2000년대 초반 방영돼 대학 기숙사에 대한 환상을 심어준 청춘 시트콤 〈논스톱〉과는 전혀 다르다!)에 있었다. 룸메이트는 같은 1학년인 동갑내기 친구 하나와 2학년 선배 한 명. 교환학생 시절에는 1년 후배와 외국인 기숙사에서 한 학기를 보냈다. 이렇게 기숙사에서 한방살이를 한 룸메이트만 여덟 명이다.

나는 자신이 있었다. 7인(열 번째 집에서 나와 중국 교환학생으로 떠났기 때문에 한 명 제외)의 룸메이트와 무탈하게 살아왔기 때문이다. 룸메이트들과 집 밖에서 따로 만날 정도로 절친이 된 것은 아니었지만, 그렇다고 감정이 상한 적도 없었다. 하지만 학교가 정해준 룸메이트가 아닌, 개인과 개인이 만나 룸메이트를 이루는 것은 확실히 달랐다. 아무런 규칙도 없고 공동의 생활 패턴도 없는, 완전한 남남의 만남이라는 점에서.

어떤 때는 죽이 맞아 날마다 산책을 하고, 함께 밥을 먹으러 다녔다. 그러면서도 때론 이루 말할 수 없이 사소한 것들이 거슬려 견딜 수가 없었다. 그 불편함은, 글로 적기에 민망할 정도로 치졸하고 치사한 것들이다. 그 민망함을 외면하고 몇 가지를 적어보자면 이렇다. 빨래를 해서 널어놓았다기에 베란다에 나가보았다. 그런데 빨래를 쫙쫙 펴지 않고 건조대에 거의 얹어만 둔 상태였다. 그냥 잘 털지 않은 수준이 아니라 정말로 '얹어'만 놓았다. 룸메를 불러다 "이렇게 하면 빨래 잘 안 말라서 냄새 나"라며 빨래를 펴서 다시 널었다. 그 두 마디를 하면서도 유난 떠는 룸메이트라고 생각할까?

잔소리꾼이라고 욕할까? 걱정했던 내 자신…!

언젠가는 집에 갔더니, 룸메이트가 내가 아끼던 커다란 곰 인형에 기대 책을 읽고 있었다. 천과 솜으로 만든 곰 인형일 뿐인데, 애인이 바람을 피운 현장을 목격한 듯한 불타는 배신감은 또 뭔지. 하지만 "내 곰 인형이니까 기대지 마"라고 말하는 건 내가 생각해도 너무 치사했다. 같이 사니까 그런 것쯤 공유하는 건 당연하다, 그런 걸 이해하지 못하는 건 후지다고 내 자신을 나무랐다. 그런데 어느 날, 곰 인형 다리 밑에 아이스크림 껍질과 과자 부스러기가 깔려 있는 것을 발견했다. 그때 치밀어 오르던 분노란!

당연히 내 쪽의 실수도 있었다. 그땐 아무 생각 없었는데, 지금 생각해보면 너무 미안한 게, 동아리에서 뒤풀이를 하다가 여자 후배 몇 명이 만취해 집에 갈 수 없는 지경에 이르렀다. 술집에서 가까운 우리 집에 후배들을 재우겠다고 내가 굳이 나섰다. 술에 절은 그 후배들을 끌고 가서 곤히 잠든 내 룸메이트 옆에 줄줄이 눕혔다. 나? 나는 남은 밤을 불태우러 다시 외출했다. 아침에 일어난 룸메이트가 모르는 사람들이 자신 옆에 누워 있는 광경을 보고 얼마나 놀랐을까.

오래 산 부부들이 종종 상대 뒷모습도 보기 싫다고들 한다. 어떻게 하면 뒷모습이 싫어질 수 있지? 뒷모습이 대체 뭘 잘못했다고.

근데 그 기분, 나는 조금 알 것도 같다. 곤히 자고 있는 모습도 팬스레 미워 보이는 그 심정 말이다. 오히려 머리끄덩이를 잡아당기며 시원하게 싸울 일이라도 벌어졌다면, 적어도 화해라는 걸 할 수 있었을 것이다. 하지만 일상에서 생기는 마음의 미세한 스크래치는 그런 방식으론 절대 메울 수 없다. 때문에 많은 사람들은 그 흠집을 보수하는 걸 한없이 미루다가 포기하고 만다. 그렇게 가늘고 얇은 스크래치는 날마다 되풀이되고, 정신을 차리고 나면 상황은 이미 돌이킬 수 없는 상태가 된 후다.

나와 내 룸메이트는 채 2년도 함께 살지 못했다. 중간에 내가 교환학생으로 해외에 나가게 됐기 때문이다. 그래서 다행히 그런 돌이킬 수 없는 상태까지 가진 않았다. 하지만 굳이 그 친구와 연락을 하진 않는다. 물론 우연히 연락이 닿아 만나게 된다면, 옛 추억을 나누며 반갑게 인사할 수 있는 그런 사이라고 생각한다. 함께 산 기간이 길지 않았던 점 외에도 내가 내 자신의 '후짐'을 나무랐 듯이, 내 룸메이트도 조금 참고 더 양보해주었던 덕분일 것이다. 만일 조금 더 오래 같이 살았다면? 글쎄, 그땐 참고 견디는 것이 아닌, 조금 다른 것이 필요했겠지. 서로 싸우고 감정을 쏟아내고 눈물도 따라 흘리고, 그런 거? 그랬다면 우리가 조금 더 친해졌을까?

내 공간을
─────── 향한
─────── 목마름

주말에 청소기를 싹 돌리고 나면, 나는 가끔 방 곳곳에 눕는다. 항상 눕는 침대 말고 다른 곳. 좁고 구석진 그런 데. 먼저, 내 키와 비슷한 길이의 책상 밑에 손을 가지런히 포갠 채 눈을 감고 눕는다. 조금 굴러가면 벽면에 늘어놓은 책 옆에도 길게 누울 수 있다. 한참을 그렇게 누워 있다가 자리를 옮겨 식탁 다리에 기대 앉아 차를 마시기도 한다. 아일랜드 식탁이라 누울 만한 공간이 없어서 그렇지, 다리가 달린 식탁이었다면, 나는 분명 그 아래에도 누워보았을 것이다. 싱크대 문짝에 기대 다리를 펴고 앉으면, 정면에 불투명 유리를 끼운 베란다 창문을 마주보게 된다. 봄날이면 창문에 번진 나무의 초록색을 감상하면서 영원히 멍 때릴 수 있을 것만 같다.

다른 각도에서 바라보는 내 방의 모습은 조금 새롭지만, 언제나 그렇듯 결국엔 안도감을 준다. 나의 작은 기행은 '여긴 내 공간'이라고 선언하고 확인하는, 일종의 영역 표시인 셈이다. (근데 정말 정신 건강에 도움이 되는 것 같다. 시간 날 때 한번 해보시기를)

'내 공간'에 항상 목말랐던 어린 시절에는 이런 구석진 곳에 더더욱 집착했었다. 어린이들이라면 누구나 자기만의 아지트를 꿈꾸기 마련이지만, 독립을 할 때까지 엄마와 한방에서 생활했던 나는, 내 공간에 대한 열망이 더 컸다. 단칸방에서 살 때에는 당연히 엄마도 나도 개인 공간이 없었고, 내 방이 생긴 후에도 잠을 잘 땐 항상 엄마와 함께였기 때문이다. 심지어 방이 세 개에 부엌과 거실이 딸린 집에 살 때에도, 우리는 큰 방 하나에서 먹고 자는 단칸방 생활을 이어갔다. 내 방에서 생활하려고 노력을 안 해본 건 아니다. 하지만 의외의 복병 때문에 포기했다. 추위였다. 사람이 살지 않는 방의 냉기가 얼마나 심한지는 경험해본 이만이 알 것이다.

대안으로 내가 찾은 곳이 바로 '구석'이었다. 예를 들어, 밤엔 벽과 바닥이 만나는 모서리에 찰싹 달라붙어서 잠을 잤다. 그것도 모자라 이불을 머리끝까지 뒤집어썼다. 엄마가 출근하고 집에 혼자 있을 때는, 아무도 없는데도 꼭 책상 밑에 들어가《소공녀》나《비밀의 화원》같은 것들을 읽었다. 부잣집 아가씨에서 한순간에 고아가 된 주인공이 어느 날 자고 일어났더니 친절한 옆집 신사와 하인이 허름한 다락방을 멋지게 꾸며주었다거나, 부모님이 콜레라로 세상을 떠난 후 황무지의 한 저택에 살게 된 소녀의 이야기 같은 것. 그리곤 그녀들의 방은 과연 어떤 모습일까 상상해보곤 했다. 소중한 물건이나 일기장을 숨겨두는 장소도 거기였다. 얇은 이불을 책상 위에 덮어 작은 텐트도 완성했다. 친구들이 놀러 오면 그 안에 기어들어가는 것만으로도 대단한 모험을 하는 듯 느껴졌다. 작지만, 그 구석만큼은 나의 세계이고 성역이었다.

그러고 보니 나만의 세계 만들기에 여념이 없던 그 무렵, 기대도 하지 않던 내 방을, 예기치 못한 곳에서, 상상도 못한 사람에게 선물 받은 적이 있었다. 여느 때처럼 주말을 보내러 이모 집에 간 날이었다. 긴 버스 여행에서 벗어나 가파른 계단을 오르면 만나는 쓸쓸한 놀이터. 그리고 오후의 노을에 푹 젖어 고요하던 주공아파트 단지.

"왔는가?"

다정한 네 식구는 언제나처럼 나를 반갑게 맞이했다. 하지만 내성적이고 수줍음이 많았던 나는 쉽게 마음을 열지 못했다. 짐을 내려놓기 무섭게 하교 전이라 빈 언니 방으로 쏙 들어가 주변을 경계하는 작은 동물처럼 웅크려 있었다. 그런데 학교에서 돌아온 언니가 신이 나 죽겠다는 듯이 내 팔을 잡아끌었다.

"집순아, 일루 와봐!"

언니가 나를 데리고 간 곳은 장판이 깔린 베란다였다. 언니 방으로 창문이 난 그 베란다에 앉은뱅이 책상과 방석, 책상 위엔 아기자기한 장식품과 연필꽂이가 있었다.

"내가 네 방 만들었어! 맘에 들어?"

나는 대답도 없이 고개를 조그맣게 끄덕였다.

나에게 작은 방을 꾸며주었던 언니는 정작 한국을 떠나 미국에서 새로운 보금자리를 틀었다. 영주권을 받을 수 있을지 모르겠다며 수년째 걱정을 하는 그녀지만, 가끔 사진으로 보는 언니의 집과 살림은 그때 내 책상에 올려두었던 작은 장식품처럼 올망졸망 아기자기하다. 언제 한번 가겠다는 공수표만 날린 지 수년째. 아직 한번도 가지 못한 언니네 집에 조만간 꼭 놀러 가야겠다. 그곳이 아무리 낯선 곳이라 해도, 나는 분명 마음 편히 어디든 누울 수 있을 것이다.

은신처로서의

——————— 집

한국처럼 이사를 자주 가는 곳이 또 있을까 싶어요. 《토지》라는
한국소설을 보면 주인공이 한집에서 태어나 그 집에서 생을 마
감하잖아요. '생가'라는 단어도 그렇게 생긴 말이고요. 소탈하지
만 편안함이 있는 공간, 은신처가 아니라 나의 흔적을 남길 수
있는 좋은 한옥을 짓고 싶어요.

–〈경향신문〉 2017년 11월 13일자. '건축가 텐들러 다니엘 인터뷰' 중에서

신문에서 한 독일인 건축가의 인터뷰 기사를 읽었다. 독일인 아

버지와 파독 간호사인 한국인 어머니 사이에서 태어난 그는, 한옥의 매력에 흠뻑 빠져 건축가가 되었고, 지난해 서울 은평구 진관동에 처음으로 한옥을 지었다고 한다. 솔직히 인터뷰를 거의 다 읽어갈 때만 해도 그렇구나, 이런 사람도 다 있네, 하는 정도의 감흥이었다. 그런데 맨 마지막에 적힌 텐들러 씨의 멘트를 읽고 나서 자세가 조금 달라졌다. 이 사람, 한옥에 대해, 거기에 사는 사람에 대해 참 많은 걸 고민했구나 싶어서. 특히 "은신처가 아니라 나의 흔적을 남길 수 있는 좋은 한옥"이라는 표현이 인터뷰를 읽고 난 후에도 계속 머릿속을 맴돌았다. 그때 처음으로 깨달았다. 나는 지금까지 집을 은신처로 여겼구나.

"지치고 우울한 날엔 왠지 집에 들어가기 싫어."

이렇게 말하는 사람들도 있다. 그러나 나는 무조건, 곧장 집에 가야 한다. 화가 나는 날에도, 우중충하게 슬픈 날에도, 지쳐서 아무것도 할 수 없는 날에도, 마치 중요한 약속에 늦은 사람처럼 나는 황망히 집으로 향한다. 현관에 들어서 다급하게 문을 잠그고 나면, 그제야 밀려오는 안도감…. 내가 두고 간 그대로 멈춘 방은, 시간마저 내가 돌아가야만 다시 흐른다. 인큐베이터에 눕듯이 침대에 누워 깊은 잠에 빠져들면 오류투성이인 내 일상도 리셋될 것 같은 착각이 든다. 이렇다보니 집에 있는 시간을 방해하는 것들에 공격적으로 변하기도 한다. 밤늦게 걸려온 용건 없는 전화나 일찍 가야만 하는 날 내 귀가를 저지하는 의미 없는 모임 같은 것. 그러는 사이 나도 모르게 집은 휴식처에서 은신처로, 은신처에서 요새로 바뀌고 있었다.

어디든 집이 될 수 있고, 집은 무엇이든 될 수 있다. 모든 사람마다 집이 갖는 의미는 다 다를 것이다. 하지만 그 많고 많은 곳 중 집이 은신처가 된다는 건 역시 슬픈 일이다. 은신처는 쫓길 때에나 필요한 것이니까. 발각돼서는 안 되는 곳이니까. 그만큼 내게 사는 게 복잡하고 어렵게 느껴졌던 것일까. 지친 나에게도, 콘크리트 방공호로 전락해버린 집에도 미안한 마음이 든다.

집을 은신처가 아닌 다른 걸로 바꾸려면 시간이 좀 필요하겠지. 그런데 은신처가 아니라면 다른 무엇이 좋을까? 그가 말한 나의 흔적을 남길 수 있는 집, 그건 어떤 집일까? 아직은 잘 모르겠다. 열여섯 곳의 집 가운데 지금까지 내 흔적이라고 말할 수 있는 집이 있었던가. 그 수많은 집들은 내게 이렇게도 선명한 흔적을 남겼는데.

각인된

──────── 풍경

사람들은 어릴 적 일을 대부분 기억하지 못한다. 이처럼 아동기 초기의 기억이 없는 것을 '아동기 기억상실'이라 부른다. 어린이의 기억은 언제부터 사라지는 것일까? 성인을 대상으로 한 여러 연구에서 사람들은 2~3세에 있었던 일은 전혀 기억하지 못하고, 3~7세 사이에 있었던 일은 매우 일부만 기억하는 것으로 나타났다. 아울러 이들의 다른 연구에서는 어린이가 11세에 이르면 성인과 비슷하게 과거에 있었던 일을 기억하는 것으로 나타났다.

기억 자체의 내용이나 연관된 감정이 아동기 기억을 견고하게 만드는 요소는 아닌 것으로 보인다. 4~13세의 어린이에게 가장 오래된 기억 세 가지를 묻고 2년 뒤에 확인한 피터슨 교수의 다른 연구에서도 첫 기억들은 의외로 평범한 것들이었다. 프로이트가 언급했던 것처럼 심리적 외상도 아니었고, 강렬한 감정이 실린 기억도 아니었던 것이다.

-〈KISTI의 과학향기〉 제2645호
'어렸을 때의 기억은 언제부터 사라질까' 중에서

내 집에 관한 기억에 대해서도 이 연구 결과를 100퍼센트 적용할 수 있을 것 같다. 내가 열 살 때 이사 가서 열한 살 때 나왔던 다섯 번째 집은 위치와 동네 풍경, 학교 가는 길 같은 것까지 기억이 난다. 하지만 그 전 집들은 창호지가 여러 겹 발린 방문이라든가, 내가 자주 앉던 평상처럼 조각조각만 기억날 뿐 집의 전체적인 모습은 잘 떠오르지 않는다. 몇 살 때 어디 살았는지 순서도 약간 헷갈린다. 갓 태어났을 때 살았던 첫 번째 집은 아예 기억에 없다. 그건 그렇고, 나중에까지 남아 있는 기억에 대한 내용은 내겐 왠지 의미심장하게 느껴진다. 지나고 나니 남는 건 의외로 평범한 기억들이

더라는 대목 말이다.

종종 예전에 살던 집들을 돌아보고 왔다는 친구들이 있었다. 스무 살이 되어서, 직장에 들어가기 전에, 해외유학을 떠나기 앞서서. 많은 친구들이 인생의 어떤 '반환점'에서 전에 살던 곳으로 잠시 돌아갔다. 하지만 나는 단 한 번도 그런 생각을 해본 적이 없다. 옛날이 싫어서는 아니고 뭐랄까, 집에 굳이 '찾아간다'는 게 어색하다고나 할까. 집이란 무슨 용건이 없어도, 그냥 향하는 곳이니까.

그런데 몇 년 전, 의도치 않게 초등학교 입학 전에 잠시 살았던 동네에 들르게 됐다. 주말을 빌어, 열한 번째 집의 룸메이트이자 지금까지 연락을 이어오고 있는 유일한 룸메이트인 샤오랑과 떠난 여행에서였다. 그곳 담양에서, 우리는 미리 검색한 맛집을 찾다가 길을 좀 헤맸다. 그러다 길에 붙은 표지판을 보고 발길을 멈췄다.

"샤오랑, 이것 좀 봐. 여기가 '객사리'래."

"큭큭큭, 이름이 너무 살벌한 거 아녜요?"

둘이 길 한복판에서 나사 빠진 것처럼 웃다가 기념사진까지 찍었다. 무사히 식당을 찾아 떡갈비와 죽통밥으로 배를 든든히 채운 우리는, 다음 행선지행 버스에 몸을 실었다. 버스가 움직인 지 얼마 되지 않아 창밖으로 관공서 건물 하나가 보였다. 그리고 바로 이어지는 회전 교차로. 거기서 머릿속에 번쩍 하고 섬광이 비추는 것 같았다.

"어어어어?"

"음? 왜요?"

"나, 나 여기 살았던 거 같아!"

서울로 돌아와 전에 떼어놨던 주민등록등본을 찾아봤다. 있었다! 객.사.리. 내 네 번째 집이 정말 거기에 있었던 것이다. 잊었다는 사실조차 잊어버린 동네 풍경. 어린 나도 이렇게 버스를 타고 이 길을 지났겠지. 아무런 뜻도, 감정도 없는 풍경들이 내 눈에 비춰졌다가 금방 사라졌겠지. 그땐 미처 몰랐다. 그 평범한 일상의 한 순간이 20년도 더 지난 지금까지 그 자리에, 내 안에 남아 있으리라곤. 그 사실이 참 기이하고도 소중하게 느껴졌다.

담양에서, 나와 엄마는 잊기 어려운, 하지만 함부로 이야기하지 않는 기억을 몇 가지 남겼다. 그때 나는, 다른 집에서보다 조금 더 서럽게, 엄마는 조금 더 아프게 울곤 했다. 그러나 내게 각인된 풍경은 결국 햇살이 부서지는 회전 교차로다. 서럽지도, 아프지도 않은.

드문드문한 기억조차 남아 있지 않은 나의 첫 번째 집. 그곳에 대해 내가 확실히 얘기할 수 있는 건 정말로 아는 것이 아무것도 없다는 점이다. 어느 날, 엄마가 아주아주 옛날이야기를 하나 꺼낸

적이 있다. 내가 태어난 지 얼마 안 됐을 때, 그러니까 우리 식구가 셋이던 시절에 관한 얘기. 우리 둘 다 마주 앉아 진지한 대화를 하는 게 어색한 관계로, 엄마는 평소 뜬금없는 상황에서 마음속 이야기를 하시곤 한다. 전화를 해서 반찬 이야기를 하다가 갑자기, 버스를 잡으러 뛰어가다가 문득, 툭. 그날도 그런 식이었다. "너 어렸을 때 서울에 살았잖아. ○○동인가… 그 동네 공원에 김대중이 연설을 하러 왔다는 거야. 그래서 너를 업고 거길 갔었지. 사람이 어찌나 많던지." 그때 처음으로 알게 됐다. 아, 그랬구나. 내 첫 번째 집이 거기에 있었구나.

어느 날, 버스를 타고 지나가다가 또다시 의도치 않게 내 첫 번째 집이 있었다는 동네를 지나게 됐다. 한 길만 아래로 내려가면 브랜드 아파트와 신축 오피스텔이 늘어선 매끈한 거리인데, 거긴 적갈색 벽돌로 만든 서민적인 주택들이 빼곡했다. 그 수더분한 거리에 문을 닫은 지 이미 한참 지난 것 같은 목공소가 쓰러질 듯 말 듯 서 있었다. 자음이나 모음이 몇 개 떨어져나간 옛날식 간판이 그 가게가 겪은 세월과 풍파를 그대로 드러내고 있었다. 그때 엄마가 나를 업고 인파 속으로 걸어갔을 때에도 저 가게는 저 자리에 있었을까? 버스가 출발하고도 나는 고개를 돌려 멀어져가는 목공소를 바라보았다. 그게 바로 내 첫 번째 집에 관한 최초의 기억. 이렇게 나는 열여섯 개 집에 대한 추억을 다 갖게 된 셈이다.